Incubação
Um espaço para monstros

Bhanu Kapil

Incubação
Um espaço para monstros

TRADUÇÃO
Daniel Pellizzari

© 2006 Bhanu Kapil.
Esta publicação foi possível graças a um acordo
feito com a Editora Leon Works, USA
© 2011 A Bolha Editora e Autêntica Editora.

TÍTULO ORIGINAL
Incubation: A Space For Monsters

TRADUÇÃO
Daniel Pellizzari

COORDENAÇÃO EDITORIAL
Rachel Gontijo Araujo

PROJETO GRÁFICO
Retina78

EDITORAÇÃO ELETRÔNICA
Conrado Esteves

REVISÃO
Reinaldo Reis
Lira Córdova

Todos os direitos reservados pela Autêntica Editora e A Bolha Editora. Nenhuma parte desta publicação poderá ser reproduzida, seja por meios mecânicos, eletrônicos, seja via cópia xerográfica, sem a autorização prévia da Editora.

AUTÊNTICA EDITORA LTDA.
Rua Aimorés, 981, 8º andar . Funcionários
30140-071 . Belo Horizonte . MG
Tel: (55 31) 3222 6819
Televendas: 0800 283 13 22
www.autenticaeditora.com.br

A BOLHA EDITORA
Rua Orestes, 28 . Santo Cristo
20220-070 . Rio de Janeiro . RJ
contato@abolhaeditora.com.br
www.abolhaeditora.com.br

Dados Internacionais de Catalogação na Publicação (CIP)
(Câmara Brasileira do Livro, SP, Brasil)

Kapil, Bhanu
    Incubação : um espaço para monstros / Bhanu Kapil ; tradução Daniel Pellizzari . – Belo Horizonte: Autêntica Editora ; Rio de Janeiro : A Bolha Editora, 2011.

    Título original: Incubation a space for monsters
    ISBN 978-85-7526-577-2 (Autêntica Editora)
    ISBN 978-85-64967-01-4 (A Bolha Editora)

    1. Ficção de língua inglesa 2. Ciborgue 3. Monstro 4. Imigrante 5. Viagem 6. Estudos culturais I. Título.

11-12712   CDD-820

Índices para catálogo sistemático:
1. Ficção : Literatura de língua inglesa 820

Para Melissa Buzzeo

Conteúdo

Prefácio manuscrito para reverter o livro
e Anotações sobre monstros (1-3)   11

Notas contra um prefácio ciborgue   27

Texto para completar um texto   39

Algumas informações
autobiográficas sobre ciborgues   47

Guia de Laloo para viajar de carona   75

Anotações para parar o carro (A-L)   89

Agradecimentos   99

Organismos emergem de um processo discursivo. A biologia é um discurso, não o mundo vivo em si. Mas os humanos não são os únicos atores na construção das entidades de qualquer discurso científico; as máquinas (emissárias capazes de produzir surpresas) e outros parceiros (não "objetos pré ou extradiscursivos", mas parceiros) são construtores ativos de objetos científicos naturais. Como outros corpos científicos, os organismos não são construções ideológicas. Todo o sentido da construção discursiva veio de sua desconexão da ideologia. Sempre radicalmente específicos historicamente, sempre vívidos, corpos têm um tipo diferente de especificidade e efetividade; e assim nos convidam a um tipo diferente de comprometimento e intervenção.

Donna Haraway
The Promises of Monsters: A Regenerative
Politics for Inappropriate/d Others

Prefácio manuscrito para reverter o livro

e

Anotações sobre monstros

**Prefácio manuscrito
para reverter o livro**

1. Reverter o livro em duração. O que isso significa? Estou escrevendo para você estas anotações, agora que é tarde demais.
2. Se o ciborgue sobre quem você lê nas livrarias é um imigrante do México atravessando a fronteira dos EUA sob um pátio iluminado por holofotes, minha ciborgue é uma mochileira punjabi-britânica com um visto J-1. Isto é a construção de um túnel observada a partir de um satélite – uma espécie de deformação côncava no pó da fronteira.
3. Ela mora em uma casa com outros, inclusive animais, criando espaços individuais de companheirismo e ardor. O que acontece quando essa vida doméstica inspira suspeitas? Quando o vidro reverte em sua coesão granular ao tema da arquitetura: o fracasso de uma casa em acreditar em seus ocupantes?
4. Acasalar com superfícies. Certo. Viajar de carona. Certo. Preparar uma xícara de chá Darjeeling e sair caminhando por uma calçada nos Estados Unidos. Vi isso em um filme com George Clooney; não, Natalie Wood. Na última cena ela, menina travessa, tira os sapatos enquanto a casa explode às suas costas.

Cometendo o crime, nem pisca. Beberica o chá. Segue caminhando. Eu queria escrever isso. Continuidade. Em sua relação com a perda. O prazer secreto de se recusar a viver como uma pessoa normal que usa vestidos/tem desejo sexual e dedos/sonhadora mas estabilizada no café das linguagens.

5. Quero fazer sexo com o que desejo me tornar. Essa afirmação diz respeito a mulheres que chegam a um país do qual ir embora seria um retrocesso. Então, ao escrever, fui tomada por um anseio – pelo quê? George em carne-e-osso? George Clooney em Idaho, fingindo dar caronas a mochileiros como laboratório para o próximo filme, em que ele interpreta um *serial killer* gentil? Não. Uma série diferente de ações. Complicado. Por exemplo, este livro me constrange. Meu sangue ferve ao imaginar você lendo. Tão íntimo. Um texto. Então é um documento ligado à vergonha que inunda o corpo para torná-lo vermelho. Quem não quer curar um corpo humano? Quem não quer um corpo humano perfeito? Assim, é inevitável que o corpo da minha mochileira seja feminino ou punjabi, fundido à produção de segredos. Não chegou nenhum email do internet *café*. Nada. Telefonemas, bobagens. Nojo. Digo, o que esta garota/minha garota está fazendo no coração de uma terra estrangeira, como um cão dotado de polegar? Minha Laloo, à beira de seguir em frente. Não faça isso, pequenina. Vestido vermelho. Não entre no carro.

6. Mas então, iluminada, uma esposa vermelha, mais ou menos, não exatamente, sai disposta a ver as coisas como são. Descreve um cenário bucólico virtual. Invade um vagão de carga. Bebe cerveja nacional. Certo. Ela faz isso e eu escrevo: um olho avariado com

filamentos votivos. (Estou escrevendo para você). "Não faz sentido escrever para casa". Então o quê?

Anotações sobre monstros (1-3)

Pré (1)

1. Aqui na casa. Querida Laloo, hoje pintei a porta de amarelo e preguei a imagem de uma mulher encarando uma parede vermelha, as palmas das mãos arrastando o vermelho para baixo. É você? É sangue? Ela usa veludo cotelê porque é 1978, e ela está pintando em algum canto de Iowa.
2. Cobrindo o pedaço de papel com camadas de fita adesiva. Adesiva mesmo, como uma função celular: o espaço central cercado por ou embalado em uma membrana transparente que parece viva. Eu escrevia sobre você (Laloo) e depois colava lá em cima, na porta sobre a mulher, na casa mais bonita do mundo. Cobrindo tudo com fita, como se fosse uma perna ou um joelho avariados. Hoje você é minha garota avariada.
3. Não é a mesma coisa quando apenas escrevo no meu caderno. Gosto do papel avulso. Visualmente, uma série. Então posso dizer às visitas: o que virá em seguida para uma garota vermelha? Não se importam. Só querem o chá ou o café e se satisfazem compartilhando histórias elaboradas sobre a juventude feminina. Exaustas, deitamos as cabeças sobre a mesa da cozinha, uma de cada vez, chupando um pedaço de chocolate ou balas de alcaçuz Panda, ouvindo palavras óbvias saindo de uma garota. E que garota. Às vezes você tem quinze anos nas histórias que conto. Às vezes você não tem o vermelho da tecnologia mas

é monstruosa ou infravermelha, visível através das paredes de uma casa.

4. Certo. Monstros. Não, preciso do meu caderno. Certo, aqui está: "Se ciborgues". Se ciborgues são lisos, então Laloo... Também seria? Você é? Não sei o que isso significa, a definição biológica de ciborgue, exceto que preciso decidir quem você é, pequeno camarão cor-de-rosa/fluorescente, pequena Laloo, antes de escrever sobre você abandonando o mar e tomando o rumo da praia. Pré-texto. Revertido. Talvez a cirurgia de modificação, imperfeita, faça você parecer, ao olho destreinado, um tanto artificial. Preênsil. Ou se isso seria, numa comunidade, algo a que mesmo amantes/clientes ou *host families* poderiam se adaptar. Sua vermelhidão e falta de linguagem. Pequenas quantias de perda. Seria seu sangue verdadeiro o responsável por você ser tão abundantemente você mesma, Laloo? Seria o sangue falso, guardado em ampolas no departamento de efeitos especiais? Visto você de vermelho ou pinto você de vermelho, sobrepondo sua forma delicada à forma escarlate do carvão, um creiom rombudo, macio e colorido.

5. Coloco minha mão na sua, embora você nada sinta ali, onde ofereço meu apoio a você. Quando a descrevo, mergulhada na história com seu hospital delicioso e pacientes imprevisíveis, você a sente pelo corpo todo – a mão prestativa do motorista ajudando você a subir no caminhão, em algum canto de Illinois ou Maryland – e, num sentido espectral, também a sinto no meu próprio corpo. Sinto (sua mão) e me adapto, imediatamente, ao tropo ou infidelidade da história que estou contando. Sua mão verdadeira dentro da prótese dentro da luva.

Desejo (2)

1. Mas hoje eu estava pensando sobre nossa conversa no verão passado. Exausta, você deitou a cabeça sobre a mesa da cozinha e disse: "Mas qual a diferença entre um monstro e um ciborgue? Preciso comer alguma coisa. Tem chocolate?" Abrindo a geladeira, respondi em voz baixa e talvez séria demais, tentando impressionar você: "O monstro é aquele ser que se recusa a adaptar-se às suas circunstâncias". Seu destino. Seu corpo. Grã-Bretanha. Você quis saber: "Mas então, Laloo é inglesa ou britânica?" Respondi: "Ela é de Londres". Mas quanto mais eu dizia Londres, mais soava como piada. LondresLondresLondres.

2. Hoje eu estava pensando sobre o que acontece quando você segue em frente dentro de um carro. É algo que só pode ser feito por aqui. Desejar algo. Já aconteceu com você? Desejar não estar ali? Quero esse *seguir adiante, seguir* mesmo que não me seja muito claro o que acontece quando você chega ao canal do Panamá ou a Idaho. Criança genuína, viajava de carona por Idaho quando fui apanhada por um casal de fazendeiros, Gordinha e Paizinho, a mais ou menos cento e sessenta quilômetros de Boise. Gordinha era magra como um palito e tinha uns setenta e cinco anos, e Paizinho era um homem enorme que tinha uma poltrona reclinável em cada cômodo e parecia mais jovem que a esposa. Eles me apanharam com sua picape – eu estava no acostamento, desmanchando os nós do cabelo com os dedos – e passei cinco dias com eles. Comentaram que não era certo eu ficar a céu aberto daquele jeito e todo dia me levavam para comer num restaurante chamado Country Buffet. Sem saber, eu estivera caminhando por uma estrada que levava à fortaleza rural de um

líder/agente da KKK, Charles Reynold. O que é um agente? Alguém que vive planejando uma maneira de entrar, como a raposa de cauda lindamente vermelha e peluda que tenta invadir o galinheiro. Paizinho, Gordinha e eu nos entrincheiramos até o sobrinho de Paizinho, Robert, aparecer por ali durante seu percurso por lugar nenhum e me dar uma carona até Boise, onde havia uma rodoviária. Esperei Robert ir embora e caminhei até a rua principal para comprar um café e entrevistar assassinos. "Posso levar você até a fronteira do estado". "Seria ótimo". Obcecada, longe de casa e suas groselheiras e profissões terríveis dependentes de vagas abertas no aeroporto de Heathrow ou na Nestlé, os principais empregadores na região decadente da zona noroeste de Londres que constitui minhas origens, respondi que sim. Um sim delicado para a cor verde, que é seguir em frente.

3. É uma árvore (seguir em frente) mas também um oceano: um jeito de ficar saturada de cores que só acontece comigo quando estou em seu país; com você pode acontecer noutro lugar. O meu. Como Laloo, morei por muitos anos em uma ilha com fluxos de tráfego congestionados. Assim, um zimbro que passa voando pela janela, intensamente azul, ou o oceano Atlântico à esquerda, se o carro avança para um destino ao sul, como as ilhas Keys da Flórida, são mágicos para mim. Improváveis, à luz de minhas origens. Dela. A garota no carro. Não sei. Estou escrevendo para você, usando seu vestido especial de escrever feito com retalhos de renda como se (o vestido, a manhã de escrita à sua frente) fosse um café; como se, escrevendo, você hipnotizasse não apenas as biologias de estranhos e amigos mas também a si mesma. Por esse motivo,

quando penso em você lendo, penso em você como se escrevesse cegamente. Você lê, mas também está escrevendo. Como se meus próprios olhos estivessem fechados, enxergo seus livros brancos flutuando pelo céu sobre minha pintura da garota vermelha. Esses livros são distintos da minha própria obra neste caderno de água salgada, mas se comunicam com ela num sentido não local. Como pássaros.

4. Isso é pré, mas o caderno é depois. Já encharcado nas beiras, espumando. Futuro passado. Escrevendo na deformação, quando seca. Páginas. Anotações à mão. Esta é a manhã em que acordei e fui até o oceano Pacífico depois de passar a noite num hotel de beira de estrada em Florence, no Oregon, que contava com uma porta vagabunda e a realidade de travesseiros. A mulher na recepção vestia um avental muito bonito com flores roxas e amarelas. Uma expatriada, ela disse com exagero, cega à nossa origem comum: "Uns seis quilômetros. Você não vai a pé, vai? Tem um guarda-chuva? Não pode sair assim, meu amor".

5. Caminhei na direção do som de algo que ribombava naquele dia, o tipo de dia que parece escuro mas é iluminado em sua margem proximal e arborizada por tojos, flores amarelas e brilhantes. Amarelo-limão e uma espécie de telhado metálico ou prateado, cheio de buracos. O dia. Como caminhar por um cenário sonhado encharcado com a chuva errada. Monção. Que tipo de chuva é essa? Reconheci a imensidão, mas não a temperatura. Era monstruoso: a inabilidade de assimilar, no nível dos sentidos, uma experiência climática ordinária. Aqui está a língua, por exemplo, constantemente assomando para sentir o ar: o que é isso? Verão? Uma estação diferente? É um dia

diferente. Tudo bem. Avariada pelas viagens, de algum modo confusa, terrivelmente ansiosa, uma garota o faz de qualquer modo: se levanta e segue em frente. É como se, em vez do contrário, o dia dela tenha lembrança.

Infância alucinante (3)

1. "Um monstro alucina; a pauta de um ciborgue é mais sexual. Acasalar com superfícies é sexual. Escrever no café como um exilado é sexual". Ah, cala a boca. É bem diferente se engasgar. É bem diferente ir embora de um jeito ruim, mágico. Extrair uma pessoa de um conjunto de condições, abruptamente, é complicado para a alma. Já sentiu isso? Você, não Laloo. Estou escrevendo para você, alguém que escreve. Quando criança, no espaço anterior à escrita, você sofria ao ir às casas das outras pessoas? Sentia que eram casas superiores à sua, repleta de ultrapassados margarinas e vinagres para conservar e em seguida cozinhar vegetais e animais? Nasceu ciborgue numa casa de monstros brutais que discutiam sobre tudo, até horários de comer e dormir? Ou por acaso, com o passar dos anos, foi sentindo aos poucos que era uma cidadã nascida de imigrantes? Por exemplo, poderia eu perguntar se você já teve a impressão de que, no hospital, você foi retirada da incubadora errada por uma enfermeira exausta e faminta às vinte e uma horas de um turno de quarenta e oito? Algo a respeito dos monstros é formulado nessas horas ou dias imediatamente posteriores ao nascimento; um nascimento complicado ou normal que, de qualquer modo, se conecta a uma confusão profunda nas entranhas das rotinas de transferência. A enfermeira transfere você dos braços de seu genitor natural para uma bacia e desta

para uma espécie de bandeja retangular e funda. É a incubadora, onde mãos envoltas por luvas de látex roxas massageiam você através de uma parede flexível e transparente, encorajando a circulação dos membros. Você gradualmente vai ficando rosada porque todo toque é bom, mesmo para Laloo, que foi para casa com ciborgues. "Laloo é um ciborgue ou um monstro?" Laloo significa vermelho. É um apelido punjabi que costuma ser dado a crianças, e que na maioria dos casos é deixado de lado assim que elas crescem e os pelos começam a brotar e o sangue a pingar por todo o carpete branco dos anos 1970 que se estende diabolicamente até o banheiro e a cozinha.

2. Pré-vida: uma imagem titubeante na tela, semelhante a um coma no hospital. Carros estendem essa pré. No estacionamento, um monstro entra no carro e sai em seguida para esperar o próximo, fragmentando tudo para si. A ação humana. Como uma frase. Muito ruim. Como uma garota, está começando a sentir, e assim o entorpecimento que sente dentro de carros é tanto um obstáculo para o amor, seja o amor de uma pessoa ou de um país, quanto uma dádiva. Como um casaco. Aqui estou eu falando de viajar de carona, que é o futuro. Como pode uma garota seguir em frente, abandonando torradas com manteiga no café da manhã e chuva congelante iluminada de dentro para fora por postes ambarinos nas manhãs de inverno. Aquela combinação cambiante de índigo e amarelo que ela procura aonde quer que vá. Ásteres e solidagos ao longo das rodovias ao norte do estado de Nova York. "Olha". Ou o quê?

3. Como guarda-sóis e seus longos triângulos alternados de cor. "Tome". Gordinha me estendeu uma nota de cem dólares enquanto Paizinho e Robert fuçavam na

picape usando cordas alaranjadas para prender minha mala na carroceria. Tirou a nota do avental com o sorriso mais doce que já vi. Eu a amei. Eu os amei. Tecnicamente, aos vinte anos de idade, eu ainda não era adulta. Adultos bebem cerveja demais, com fatias de limão. Robert era meio chato, mas também o amei. Patsy Cline no rádio, algo que nunca acontecia no pré-pré, no caso a Inglaterra.

4. Estou escrevendo para você porque é particular e separado, como pensar.

5. "Ciborgues são construídos para serem assimilados em casas e fábricas". Estou entediando você? Quer um café? "Você se adapta a eles, que aprendem a fazer perguntas e verificam suas respostas antes de prosseguirem. Enquanto nos filmes de terror nem sempre é possível diferenciar um ciborgue de uma pessoa, monstros são sempre identificáveis como tais pelo cabelo negro e comprido e os braços múltiplos que se recolhem ao torso quando fazem amor e viajam de carona, porque até monstros se apaixonam, querem seguir em frente e ver no que vai dar. Reprodução infinita é uma chatice". O leite está na geladeira. Escrevi dez Laloos, em seguida matei uma por uma.

6. Minha amiga, é 00h06. Agora tenho que parar de escrever e ir para o trabalho. Escrever é pensar. Não gosto de imaginar você viajando de carona, uma figura vulnerável com roupas eduardianas. Por favor, me revele meu futuro. Sua vulnerabilidade como escritora a torna muito aberta a imagens astrais, das que se refratam daquele outro lugar. Ao ler mãos ou praticar a hipnose, atividade que sustenta sua escrita no sentido econômico, você por acaso encaixa essas

imagens integrativas em destinos? Quando escuto a palavra destino, desligo. Cara amiga, para onde fui? Para onde vou? Quando você lê a minha mão, é como se hipnotizasse minha biologia. Será que um leitor hipnotiza um escritor na mesma medida que o normal, ou seja, o inverso? Isso é separado. Diga. O que me possibilitou morar numa cidadezinha? Tocarei e serei tocada nos dez pontos de clareza momentânea do dia, um para cada hora desperta, como os outros em suas unidades residenciais? Tenho essas dúvidas desde a infância. "Cala essa boca, idiota, antes que eu cale pra você".

7. Uma imagem da infância para Laloo: vejo um corpo, seu contorno contra as barracas, descendo na direção da praia. Os gestos dela são desacelerados, repletos de rastros brancos. Com precisão e delicadeza infinita, ela coloca uma língua vermelha na espuma. Algas vermelhas secas ao sol mais adiante na praia. É uma língua, isso que ela traz nas mãos, separada da boca. Uma foca torce o pescoço para olhar para ela e assim permanece, a cabeça escura subindo e descendo sem sair do lugar. Elas se encaram ao luar, que é o espaço pré-animal ainda sem tecnologia para a comunicação entre mundos. Nenhuma troca de fluidos ou corpos no centro do texto. Nada. Nenhum hospital delicioso com rotinas complexas de saúde, de trazer pessoas de volta da beira de algo.

8. Um monstro rechaça a própria vida, e é por isso que posso apenas escrever para você. Foi você quem disse, na sua última visita, em frente a uma bandeja de biscoitos de amêndoa e chá Assam: "Quanto mais você rechaça a vida, mais escreve. Escrever é

isso". Rasguei aquele pedaço de papel e colei com fita adesiva na porta de entrada, perto da fotografia da mulher com os vermelhos contínuos, da imagem de obediência que ela oferece aos visitantes ocasionais.

9. Aqui na infância, no limite da casa, o que ela está fazendo? Vejo ela sair do próprio corpo e não gosto nada disso. Sua pele. Sua pele era perfeita e agora está toda esticada. Marcas prateadas em pele morena, como gravidez. Não conseguiria impedir que desse à luz a si mesma nem se eu tentasse. Às vezes ela vai embora e não volta, batendo a porta. Às vezes ela esconde uma gravidez, ainda que tenha nove anos de idade. Às vezes ela é verdadeira e a levam para o hospital contra sua vontade quando ela reclama de uma dor de estômago terrível.

10. Um monstro se recusa a esperar pela parteira, pelo cirurgião, pela mãe, pelos residentes ou pela enfermeira nigeriana, Fidelia Chimara, que tem uma agulha e acredita em Jesus e sua hoste de anjos. A agulha é deixada, babando, sobre o lençol branco; a enfermeira volta com ataduras e encontra um leito vazio, que ela volta a preencher em instantes com uma breve requisição para um auxiliar. Sei o nome da enfermeira porque ela falou quando me trouxe chá da máquina. Exausta, eu estava esperando há séculos.

11. Aqui: "Saí intacta para o macio precipitado. Então não era mais o que fui naqueles primeiros dias partidos e suas desculpas. Desculpa, desculpa, desculpa, desculpa, desculpa, por favor me perdoe". Você me escreveu estas palavras há muito tempo, e eu as guardo como emblema do esforço de alguém para voltar à vida a despeito de suas habilidades. Colei na porta. Estas suas. Você é meu contato humano. De

campos nevados marcados com círculos de cobre, vistos do alto: escrevo para você, uma espécie de discurso, em meu caderno. Você é mulher? Você foi uma garota? Perdoo você. Olha, eu estou escrevendo estas anotações para você a bordo de um JetBlue, sobrevoando o coração do seu país em direção ao leste. Se você é branca, significa que foi rosada há muito tempo, na infância? Rosa é um tom preliminar de vermelho? Você é uma esposa vermelha? Desculpe. Não parece certo. Por favor, me perdoe.

12. Não. Progredir a biologia. O que é uma garota contínua? "Um monstro rechaça a infância com suas bagas e partidas". Uma partida é o que você tem. Nesta cena, uma cena de infância ou Natal com vermelhos e verdes contra um fundo branco, a garota diz não ao festival local. Enquanto os adultos saboreiam porções generosas de frango *tandoori* e pão frito, ela escapa para a verdadeira Inglaterra. Ali, embora ainda seja muito jovem, nove anos de idade, talvez dez, já menstruando mas vestindo uma *shalwar-kamiz* de garotinha, enfeitada com lantejoulas, ela entra no Ford Cortina do pai e pisa na embreagem. O carro engasga, tosse e então segue. Graças à neve úmida, ninguém, nem mesmo a polícia, a percebe dirigindo até o fim da rua e então virando à esquerda. Quando chega em Dover e seus empórios de bolos e geleias e centros de detenção que contam até com intérpretes iraquianos e franceses, está exausta. Não é mais o que alguém chamaria de garota, ou mesmo de britânica. Acaba detida por engano. "O gato comeu sua língua, meu amor?" Depois de algumas semanas eles a colocam num trem para cruzar o Canal. Isso a faz entrar em pânico, pensar em ir para casa e dizer "desculpem,

estou pedindo desculpas, nunca mais vou fazer isso de novo", mas é tarde demais. Nesse sentido, em silêncio e tomada por uma espécie de confusão intensa, ela se vinga da ideia de infância e suas estruturas e costumes inescapáveis, e escapa.

13. Eu perguntei, "O que é um monstro?". Você respondeu: "Qualquer um que seja diferente". Achei tão fantástico que anotei no meu caderno, no qual tenho escrito para você. Arrancando as páginas enquanto prossigo.

Notas contra um prefácio ciborgue

Laloo é um monstro

"Fig. 57 – Laloo". Foi na enciclopédia de casos raros e extraordinários, *Anomalias e curiosidades da medicina*, publicada pela primeira vez em 1896, que encontrei esta imagem. Dei seu nome a minha ciborgue ao ler estas palavras: "Recentemente, museus dos Estados Unidos exibiram um indivíduo de nome 'Laloo', nascido em Oudh, na Índia, o segundo de quatro filhos". Laloo era uma anomalia, e trazia no peito um apêndice parasitário "que contava com seu próprio trato intestinal". Desse apêndice, pendiam duas pernas. Estou falando direito? Era uma duplicata, num sentido restrito, dentro de si mesmo. Então ouvi estas palavras dentro do meu próprio corpo: "Ele é um monstro". Como uma pessoa num sonho, ele era um bloco concentrado de percepções equivocadas. Ultimamente, de forma perturbadora, tenho sonhado com criaturas do Himalaia semelhantes a Laloo, com braços, cabeças, pernas e olhos múltiplos. Quando eu era pequena minha mãe soprava ar morno sobre minhas pálpebras fechadas, seus lábios comprimidos contra a pele delgada e irreal através de um canto do sári de algodão amarelo-cravina que ela gostava de usar na cozinha. Sua barra verde-escura, prateada e negra era feita com um material mais pesado e costurada sem muita habilidade ao amarelo macio. A pele da minha mãe cheirava a peras por conta do creme barato que ela comprava mais ou menos uma vez a cada seis meses no Wavy Line Market, em Lansbury Drive. Enquanto eu me aninhava nela na cama, ela me contava em punjabi histórias de deidades complexas: Shiva, Parvati, Hanuman, Durga. Toda noite eu pedia pássaros misturados com homens, e os ganhava. Ganhei dez mil cabeças e oito braços, todos saindo do mesmo corpo e segurando coisas diferentes: conchas, espadas sanguinolentas e lápis. Perguntei: "é um anjo, mamãe?". E ela me bateu, porque éramos hindus e anjos são islâmicos. Mas o que é um anjo, em retrospecto? Vermelho ou branco, é um homem de vestido e um gênero diferente. Um canal de informação no sentido vertical. Como figura barroca, um anjo funciona como extensão dos bebês renascentistas nos tetos da Europa, onde nasci e fui criada de modo perturbador por pais cujos corações haviam sido partidos em outra civilização. (Recolha o sangue numa vasilha rasa. Misture com penas brancas. Faça um Laloo com braços de gravetos e perna de galho, então a apoie nas raízes enormes de uma árvore do seu quintal).

Laloo é um bebê

"Laloo" é uma espécie de bebê de lata ou bronze vendido por toda Bengala Ocidental, em conjunto com uma variedade de roupas como vestidos amarelo-limão e cor-de-rosa que são vestidos pela cabeça do bebê laloo e se apoiam nos seus quadris e podem ser comprados separadamente. Minha mãe disse que laloo é a palavra usada pelos bengalis para se referir ao bebê Krishna e que toda manhã eles oferecem leite e manteiga para a estátua, normalmente colocada (o laloo) em um pequeno altar na cozinha. Você me deu um nome de menino. (Quando visitei a Índia quando criança eu cheguei muito branca e rosada e acabei chamada de Laloo por meus familiares, mesmo quando o sol me escureceu. Falei: Que inferno, mamãe, isso equivale a ser uma menina loira e skatista que se apaixona por alguém num bairro residencial de CLASSE MÉDIA nos arredores de Chicago e é obrigada a dizer "meu nome é Jesus" para o menino bonitinho que quer lhe dar um beijo. Onde fica Chicago?, minha mãe quis saber. Que menino? Meninos! Beijos! (E cuspiu no chão para dar ênfase, só de pensar na troca de germes e nas duas bocas escancaradas).

Laloo é um ciborgue

"Quem os ciborgues vão ser é uma questão de sobrevivência". Ela está falando no que eles vão ser quando crescerem? "Quero ser médico". "Quero escrever opostos". É disso que ela está falando? Começo a noite de escrita no recanto alaranjado de minha casa semirrural nos EUA com a questão biológica básica pendendo sobre mim como uma torneira. Será que produzirá uma solução morna se eu a abrir? Será que devo atarraxar uma lâmpada na torneira e a tornar vermelha, a lâmpada, um retorno aos rituais de acasalamento dos anos 1960 semelhantes àquele que me produziu? Como um ciborgue responsável por tarefas básicas, escolho uma palavra básica nas profundezas daquilo que desejo, o corpo, e começo por aí: um contato constante com uma cor. Vermelho. Ela tem sede. Minha ciborgue. Seus braços doem de tanto segurar as pernas para cima. Que pernas? Pelos pubianos abundantes, mas nenhuma fenda. Leio isso no dicionário de monstros onde os membros excessivos, duplicatas das extremidades inferiores, são definidos como parasíticos. Mais notas sobre a Fig. 57 - Laloo: "Segundo relatos, o pênis do parasita às vezes demonstrava sinais de ereção, e liberava urina sem que o garoto notasse. Transpiração e aumento de temperatura pareciam ocorrer simultaneamente a ambos. Para aguçar a curiosidade mórbida dos curiosos, certa vez os responsáveis pelo "Dime Museum" vestiram o parasita com roupas femininas, chamando aos dois irmão e irmã; mas não resta dúvida de que todos os sinais sexuais eram do tipo masculino".

Laloo pré-sintética

Monstros que querem outra coisa. Querem o pré, querem corrigi-lo. Isto é pré-síntese: uma forma humana construída a partir de um cisto dermoide, mas com memória. O corpo fixa a memória em si mesmo, cístico, aparente, precário. O que é? Protuberância? Um ponto excessivo ou, mais precisamente, algo que não permanece no interior da cavidade central com as outras partes macias e empanadas ricas em vasos sanguíneos. Isto é texto sanguíneo e eu o escrevi, tentei escrever, no recanto semelhante a um alpendre ao lado da cozinha, orientando as visitas a se servirem de comida e bebida como se fossem da família. "Sintam-se em casa". Uma vez derramei chá no computador, mas como nada aconteceu comigo ou com ele, não parei.

Um sonho de Laloo

O que uma menina ou menino se torna por acidente nas profundezas do corpo, do corpo de outra pessoa, emergindo para respirar: assistência impossível e pontos distantes. Aqui estou eu falando em termos fiscais sobre o hospital onde o futuro da menina fica instantaneamente óbvio para a enfermeira, que avança a mão com a agulha para impedir aquilo, a reação histérica ao nascimento de uma figura defeituosa, mas a mãe diz não, eu quero vê-la. Coloque-a sobre mim. Quero abraçá-la na piscina morna.

As muitas cores de Laloo

Um ciborgue é uma prega iridescente. Não. Quero escrever opostos – saturações de cores opostas (prata e Coca-Cola) que compõem uma pessoa, como uma impressão digital, obcecadas com o destilado dos padrões. Isso é mais intenso que pintar na melhor luz da França ou do Novo México. Você pode fazer isso à noite, no seu quarto no Illinois. Des-iluminado. Como na Índia, quando cai a eletricidade, duas ou três vezes por dia, tudo monção. A avó acende velas e derrama água sobre sua cabeça baixa no pátio escuro e reluzente onde vocês moram, juntas.

Definições de um Ciborgue

Escrevi sobre ciborgues em um alpendre em Portugal falsificado (minha cozinha, pintada de dourado, laranja e vermelho) usando um vestido cor-de-rosa aberto nas costas e ignorando a campainha. Depois do almoço, costumava tomar uma colher de sopa de uísque morto com folhas de menta do jardim e açúcar. Matar é a palavra errada. Um recanto, uma espécie de alpendre. Analisar ciborgues exigiu imaginação, solidão e nutrição líquida, o oposto da vida cotidiana numa cidade pequena com suas indumentárias e sugestões do dia: Sanduíche de Bolo de Carne Assado com Fritas e Salada, $5.99. Jeans pescador e camisa muito branca e cinto de pano multicolorido da Guatemala.

Aqui nos EUA ciborgues revertem o processo basilar, o processo occipital, o processo de mudança, que é um preguear. Uma prega é uma dobra. Ao desprender minha garota prateada com pálpebras de Pepsi, Laloo, eu a abençoei. Não consegui evitar. Como sua pele estava áspera e seca eu a levei até o médico. No hospital, deixei que se registrasse individualmente, como uma porção, enquanto saí em busca de algo para comer, sendo uma pessoa da cidade e assim dependente do consumo diário de montanhas de comida. Em seguida veio uma história bonita como as que eu contaria para visitantes de fora quando a eletricidade caísse e tivéssemos que jantar à luz de velas e fazer xixi no quintal. "Você tem plano de saúde? Qual seu número de previdência social?" Fiquei comendo chucrute na lanchonete do subsolo e quando voltei ela tinha ido embora. "Saiu antes de a gente conseguir costurar tudo de volta. Não vai muito longe. Sabe se ela tem plano de saúde? Sabe o número de inscrição, por acaso? Vocês são parentes consanguíneas? Quer uma prancheta? Tome, use isto para escrever". Estou escrevendo isto em uma cozinha fluorescente, digo, em uma sala de espera. Há revistas, elevadores e senhoras com dentes de aparência saudável. O problema deve ser algo dentro delas. Frigideiras debaixo de cada poltrona, para recolher a graxa.

Plano B

Num hospital escreva uma sutura. Isso é médico, não especial. Tome notas sobre o corpo por duas a seis horas, como se fosse seu emprego, o que é, no hospital. Preencher relatórios e diagramas: o que você fez, o que você viu, o que mudou, o que vem a seguir para a estrutura em questão. Ou operar: abrir fendas, perceber espessamentos e morrer. Não. Este não é um texto para derrubar a luz. Esta não é a jornada de uma alma após a morte. Esta é a história de uma menina má que, ocultando seu corpo interessante e repleto de sangue por baixo do casaco ainda que fosse verão, saiu mancando e rechaçando tratamento. O que é uma garota? É um antigo ofício. Gotas de sangue no asfalto do estacionamento. Pele escura, roupas de inverno, massa volumosa e semelhante a um pacote pendendo do centro de seu corpo, Laloo precisa evitar o transporte público, que é escrutínio.

Algo dói. São 7 da noite quando ela toma o rumo da rodovia. Estas são coisas que sinto a respeito de ciborgues a distância, como se acontecessem comigo. Sinto, por exemplo, a escarlatina de Laloo, a cor vermelho-escura inundando os pontos de junção. Algo muito natural se espalha pelo corpo dela como um mecanismo de cura rápida: o sangue coagulando no momento certo, o cabelo voltando a crescer mais grosso e escuro que antes, mas numa velocidade anormal.

Horas, não dias. É um dia monstruoso para a ciborgue que imagino – a sensação de estar à beira do enjoo estomacal mas precisando cruzar três fusos horários antes de chegar em casa. Se não for monstruoso, um dia como esse é uma experiência de velocidade vista de cima. De um avião: um carro, cintilando. A garota entra no carro. Isso segue, acompanhado por uma fonte separada. Então para e é isso que eu quero, aquilo que acontece quando a garota vermelha sai do carro, dentes cerrados de determinação. Laloo significa vermelho. Seus braços estão decorados com tatuagens de henna. Borboletas etc. Espirais de *paisley*. "Ei, Vermelha, aonde você pensa que vai?" Gosto de pensar nela como ambiente. Veja. Ela está caminhando até a mercearia da esquina para comprar um burrito de carne de porco com pimenta verde. "Posso colocar feijão? Ou qualquer outra coisa que você ache gostosa". Curada, está faminta. É como se apesar de uma lesão grave a paciente tivesse recuperado o intelecto, inalterado pela extração de um corpo estranho de seu corpo. Seu verdadeiro corpo. Locomoção e digestão, como funções, seguem intactas. Ela poderia deixar o hospital ao cair da noite se alguém fosse buscá-la, porque está frágil, apesar do milagroso estado re-formado. Não. O hospital está às costas dela, como um edifício.

Este é um corpo real

Aqui, o corpo é genérico. Vermelho ao lado de negro. Negro como um corvo, um ponto vira a esquina e desaparece. Apenas sob condições de vigilância o ponto se torna vermelho como um bindi pulsante. É ela. É Laloo se afastando para os campos. Em um campo há carros e prédios altos, desconhecidos gentis e outros cruéis. Os cruéis têm carros.

"Posso perguntar uma coisa? O que é esse ponto vermelho na sua testa?" Seria:

a) Um buraco de bala.

b) Um modo de rastrear suas idas e vindas.

c) Costume local.

d) Isso significa que você é casada? Você não é casada, é?

e) Modismo, algo assim.

f) Muçulmano. Você não é muçulmana, é?

Descolando o ponto da pele, Laloo o gruda no espelho do toalete do Conoco. Aqui nos arredores de Detroit, tendo fugido do hospital e agora do carro. Sem querer forçar. "Talvez eu tome um frappuccino". Estas são suas primeiras palavras no mundo real e são palavras felizes, indicando que ela superou a depressão que geralmente sobrevém a contatos com médicos seguidos por uma carona suspeita. Até John-boy dava seus passeios em todas as manhãs de domingo em West Virginia, Inglaterra. Entrava na picape azul caindo aos pedaços e pisava fundo lá pelas 11 da manhã, apesar do colapso mental sofrido após seu breve período no Exército dos EUA.

Sorrateira, a mulher que recebe o dinheiro de Laloo prende um ponto vermelho na manga do seu (Laloo) casaco quando entrega o troco. "Quer uma sacola?" "Ainda falta muito pra você?" Franzindo o cenho sem responder, Laloo enfia o dinheiro no bolso de trás das calças e se vira, a mão em concha protegendo o abdômen protuberante. Enquanto ela sai, uma onda de ar quente adentra a loja. Um momento tropical. No monitor, até os clientes podem vê-la (Laloo) próxima ao acostamento, debaixo de um poste de luz, trocando o peso de uma perna para a outra no meio de uma nuvenzinha de insetos. De vez em quando ela toma um gole demorado do café (aromatizado com três cremes sem lactose sabor avelã), virando a cabeça bem para a esquerda como se alardeasse a garganta incomumente longa, a habilidade de engolir, para as pessoas nos carros que passavam.

Texto para completar um texto

Sexo é sempre monstruoso. Sangue aparece no ar próximo ao corpo, mas ninguém faz pergunta alguma sobre o corpo. "Por favor, me toque ali. Mais. Oh deus". Para quem viaja de carona, o problema do budoar se transfere para um espaço improvisado, sarnento e inseguro à beira de uma rodovia do Novo México. Muitas vezes é o sexo de outra era, em que meias e camisas sociais/blusas não são necessariamente removidas.

De início viajei de carona porque me parecia algo glamuroso, ultra-americano, como um cristão com uma enxaqueca insistente recorrendo a anti-inflamatórios de marcas conhecidas quando orar não resolve seu problema. Meus primeiros contatos nas estradas do seu país foram rotineiros; afinal de contas, pegar carona não é exatamente comprar uma passagem de ônibus da Greyhound com três semanas de antecedência e fazer uma festa de despedida num dormitório de faculdade, com uma faixa e balões. É mais um exemplo de partidas em outro tempo. Como aluna estrangeira com bolsa de estudos, era algo corriqueiro requisitar uma ampliação do prazo para completar minha tese sobre os primeiros livros de Salman Rushdie. No entanto: "Como vigiar de perto esses portadores de vistos J-1, que vêm para cá e... a universidade, como instituição, precisa definitivamente ser mais responsável. Precisamos de um banco de dados e um sistema de freios e contrapesos para garantir que qualquer mudança de endereço seja confirmada por pelo menos duas fontes de informação. Eles precisam concluir seu trabalho acadêmico e em seguida voltar para casa".

Eu não queria voltar para casa. Esta frase é enfadonha. Talvez para você Oregon seja uma palavra tranquilizante, evocando imagens de torta de amora, paisagens oceânicas e criminosos suspeitos sendo capturados. Eu nunca tinha ouvido a palavra Oregon. Parecia impossivelmente longínqua, como a distância entre Londres e a Escócia. Um belo risco: ir e seguir em frente. Como posso explicar? Na Inglaterra, ninguém nunca, nunca, nunca fez isso. Eu, que uma vez dirigi sem parar até Glasgow com uma garrafa térmica cheia de café instantâneo misturado com leite e açúcar, num Datsun Cherry todo amassado, fui tratada como uma anomalia. "Enlouqueceu? Você pegou um carro e dirigiu até a Escócia? São sete horas pela M-1, cara!" Ainda que por fora eu estivesse pálida e um tanto reticente, eu... não, eu estava. Minha experiência sexual consistia em me deitar debaixo de um olmo no Hyde Park aos dezessete anos e ouvir de um estudante de graduação da London School of Economics que naquela posição, daquele ângulo, meus seios pareciam dois ovos fritos. Como determinava a época, nos encontrávamos em parques. Tenho certeza que os adolescentes punjabi-britânicos contemporâneos são indivíduos destemidos, que não temem uma possível reprovação por parte da comunidade. Naquela época nos encontrávamos no banco do parque, ao lado do portão de ferro forjado, numa trilha construída para passeios do século XVII. É sempre um século. No meu século, o sexo era um campo de autocontrole e intensidade superadas apenas por tomar café em um país estrangeiro, como Escócia ou Gales, e pegar o carro do meu pai emprestado para sempre. "Mas você ficou maluca, por acaso? Seu pai vai arrancar seu couro!"

Em certos sentidos, isso (dirigir) é o oposto de viajar de carona, pois nesse caso o interior do carro é sempre estranho. Naquela época o dia era verdadeiro de um jeito diferente, que me inspirava a arriscar, uma espécie de gêmeo do consentimento. Dois cisnes negros: aquele dia e este, história e ficção, aquilo que eu fui buscar e aquilo que eu realmente queria, algo que eu não sabia o que era até alcançar, e nessa altura seria impossível encarar a longa viagem de volta para casa como algo prático ou sensato, considerando os apuros em que eu já me encontrava e a chuva, que tinha começado a desabar na forma de uma série de pancadas avermelhadas; os postes de luz estavam cor-de-rosa.

Na Prince Street, em Glasgow, enxerguei a placa anunciando pizza em estilo americano e desci as escadas até o café no subsolo. As mesas estavam cobertas com plástico verde. Havia chá quente, que a garçonete derramou pela minha garganta usando um funil enquanto eu focava a visão em um cartaz laminado que mostrava uma rosa branca e quadriculada com um ponto cor-de-rosa no centro. "Charles Rennie Mackintosh", disse a garçonete, pronunciando "osh" de um jeito que rimava com *horse*. "Você é indiana?" "Quer geleia com esse bolinho? Aposto que na Índia não tem esse tipo de bolinho" "Mais chá? Ouvi falar que vocês tomam muito chá no seu país, é verdade?"

Plano b: A extensão da minha garganta. A euforia do furto. Outros países, seus ditados e crenças. O plano original, formulado pelo meu pai cruzando Londres no trajeto matinal para o trabalho: casar com um dentista hindu brâmane nascido na Grã-Bretanha, com a pele morena mas não muito, e bochechas rosadas. Bilhete no consolo da lareira, sob a imagem de mármore de Shiva: o que está por vir dentro do plano original? Extração? Que tipo de sexo seria possível tarde da noite na cadeira do dentista para aquela garota, sua garota, que, nervosa, pede um cobertor? Ela está de meias. Está tremendo. Às vezes é sexo quando você se toca debaixo do cobertor que lhe oferecem e claramente não foi lavado entre um paciente e outro, mas nesta cena os membros da jovem noiva asiática do dentista estão rígidos e cheiram levemente a esmalte com aroma de esmalte com aroma de gaultéria ou antisséptico bucal. Papai, "favor não engolir". Bocheche, depois cuspa. Cuspa, depois engula.

Como não podia voltar para casa, após uma breve visita à Hill House – o lar *art déco* de Charles Rennie Mackintosh no Firth of Clyde, onde ele pintava intermináveis botões de rosa geométricos numa espécie de frenesi, a julgar pela decoração – virei à esquerda e segui dirigindo. Entrei com o carro no Atlântico e segui dirigindo, o peito muito apertado debaixo da superfície. Era difícil sentir qualquer coisa ou mesmo enxergar, e assim posso dizer apenas que entrei num oceano pernicioso, que causava avarias. Isso segue. Avariado, carregado até as praias míticas de Nova Jersey alguns dias mais tarde, o carro se recusou a dar a partida. Isso foi mais tarde, quando o carro parou e, olhando por sobre minhas mãos agarrando o volante com tanta força que os dedos estavam brancos, percebi que estava tudo bem comigo.

Agora estou aqui, no futuro da cor. Desculpe não ter mais nada a dizer sobre o período de submersão que precedeu minha chegada. Não me interesso por ele. Não me lembro dele. Eu... Só quando meu carro parou entendi o que eu precisava fazer, sob minhas regras, com minhas duas pernas: seguir em frente. É assim que se diz? Levante-se e siga. O destino do meu corpo, separado da minha infância: vim até aqui para viajar de carona. Vim até aqui para concluir algo que comecei em outro lugar. Tirando páginas molhadas da mochila, coloco-as sobre a areia da praia, usando pedrinhas e conchas bonitas como peso. Quando secaram, dobrei todas em quadradinhos e as coloquei no bolso, perto do meu corpo. Disforme, entusiasmada, eu disse levante. Eu disse siga. Levante-se agora e siga. "Você está bem?" "Precisa de uma carona?" "Deixa eu olhar no porta-malas. Acho que tenho alguma coisa por aqui. Pronto, aqui está. Você está tremendo! Quer ir pro hospital? Pelo menos me deixe pagar uma xícara de café".

Algumas informações autobiográficas sobre ciborgues

Laloo significa vermelho porque Lal significa vermelho, e assim Laloo significa "o vermelho". É um nome masculino e solar de origem védica, mas isso eu não posso mudar. Meu número de estrangeira é A#786334901. Meu número da previdência social é 102-70-5846. Meu número de telefone é 970-290-6292. Por favor, me ligue e explique a diferença entre um monstro e um ciborgue. Preciso saber. Você também pode mandar um email para beatriceprecisaseguir@yahoo.com. Para mim email é um pouco melhor, porque no fundo adoro viajar de carona e às vezes saio da área de cobertura dos celulares. No café da manhã como o que tiver. Amoras. Castanhas. Vegetais que crescem ao longo da estrada, como aspargos e... não consigo pensar em outros vegetais. Esta é a história de como me tornei uma garota vermelha, o que parece ruim mas não sei explicar de outra forma. Fiquei vermelha durante minhas viagens. Em outras palavras, me transformei de um tipo de garota em outro por conta das minhas experiências. É uma coisa entediante a se dizer? Acho que todas as garotas podem dizer isso, e não tenho certeza se minha história é particularmente útil para ser usada como exemplo da transformação física gerada por novos ambientes. Talvez seja mais simples começar com imagens de gravidez e nascimento, incluindo detalhes dos apetites perversos das grávidas – "Querido, preciso de picles e milkshake de morango, e é pra já!" – ou as mecânicas de uma gestação prolongada levada adiante por atos sexuais de todo tipo, mas isso ninguém quer, nem mesmo eu. Sinto náuseas, por exemplo, ao pensar naquela seringa de sêmen de touro; na verdade, não tenho certeza se o acasalamento é algo que acontece antes ou depois de alguém nascer, no espaço do futuro, e assim deixo a você o sentido mais amplo de uma organização corpórea: a complexidade de seus mecanismos e maneiras de se comunicar entre sistemas. Isso é pesquisa, e é lindo, mas às vezes acho que o vermelho está desbotando e por isso quero escrever estas coisas enquanto o sangue está na sonda. A sonda é uma sentença, mas também uma mão. Minha amiga, uma curandeira de Iowa City, lê mãos e usa a hipnose para descobrir o que está acontecendo dentro do corpo dos outros. Analisa especificamente as linhas horizontais que cortam o monte de Mercúrio, a porção carnuda sob o dedo mínimo, pois é o mais vermelho. Se alguma linha específica for vermelha, significa que você ama alguém. O vermelho, naturalmente, vem do sangue canalizado de modo interno e oculto até um ponto na sua mão. O sangue na sua mão, por sua vez, pulsa quando você faz a pergunta: "Ela/ele me ama?" Minha amiga toma sua mão na dela e acompanha o sangue com atenção; quando ela fecha os olhos e descreve o que vê, é como se uma mão invisível tivesse descido ao mundo da matéria e tocado em algo por lá, algo que não deveria ser tocado. Um corpo deve ser misterioso, mas não sei dizer se a vivacidade do sangue amplifica esse mistério ou o reduz. "O que vai acontecer? Serei amada sem reservas até o fim dos meus dias? Quando vou morrer?" Ela me toca e vê coisas. Então vem a narrativa ou uma história é contada e eu fico bem, até que chega a hora de ir embora e fico sozinha com as imagens terríveis, associativas, quase monstruosas de uma parturiente em apuros. "Pílula de aborto". "Destino final de crianças ectópicas viáveis". São imagens de anomalias obstétricas produzidas no século XIX; enxergo essas coisas divergentes quando ela fala sobre pontos embaçados no meu peito e meu abdômen. Tudo bem.

Imagens de gravidez e nascimento nas palavras de Laloo

1. Quando eu nasci

Quando eu nasci, ficaram em dúvida se me enrolavam num cobertor cor-de-rosa ou verde. Será que nasci ciborgue ou outra coisa qualquer, algo mais próximo de um ser humano com suas oportunidades de emprego e maneiras de amar entre gêneros diferentes? Não sei. Mesmo um técnico treinado tem dificuldades de interpretar o número e a extensão das convoluções ou sulcos do meu cérebro – as dobras complexas que marcam diferentes intensidades de intelecto. Mesmo uma análise limitada resolveria a questão da identidade mecânica. Quando um chimpanzé se torna um homem? Será que um punjabi é mais próximo dos cidadãos da Grécia, racialmente, do que dos habitantes de Kerala ou Tamil Nadu e seus narizes de formas diferentes? Fui diagnosticada como diversas garotas – negra ou rosada etc – dependendo da enfermeira, digo, médico/de quanto o médico tinha bebido, digo, fumado. Sou de uma época – os anos 1970 – em que até os serventes dos hospitais fumavam Winstons no elevador. Quando era pequena e visitava o hospital para fazer check-up, sentava na cadeira de rodas. Não precisava dela – iria apenas tirar sangue –

mas disseram que era gratuita (a cadeira de rodas), um serviço oferecido pela direção do hospital a qualquer pessoa que manifestasse essa necessidade. Assim, aceitei. Aceitei a oportunidade de descansar os membros. Nasci com mais de um braço, mais de uma perna. E as maçãs? Não, estou confusa. Isso foi na Inglaterra. Tudo é gratuito na Inglaterra quando você é uma criança e Margaret Thatcher ainda é a filha de um açougueiro prestes a se tornar mulher; até leite e biscoitos são gratuitos.

Maldição. Não posso mais protelar. Tem uma caneta? Que tal mais um pouco de espuma, e granulado? Certo, estou pronta. Vamos. Viu como estou americana? Café. Uma sensação generalizada e inferior de desagrado, como um animal de fazenda que em seu coraçãozinho de porco/ovelha/peru/cordeiro/bezerro sabe que está ficando sem opções à medida que vai chegando a estação do frio. Chego a pensar duas vezes antes de entrar para uma avaliação gratuita. Penso no dinheiro. Penso no que fizeram na última vez em que estive lá, no ambulatório, para um exame de rotina: imagens que voltam a ser detonadas quando simplesmente abaixo a cabeça para usar o bebedouro numa sala de espera. Esses lugares e experiências são fontes de infecção mesmo nos dias de hoje. É nojento. As enfermeiras deixam as válvulas de porco dentro de um balde em frente ao banheiro, às vistas de todos, sem nenhuma consideração sobre o que aquilo pode significar para um cliente. Um paciente é um cliente. Mas e *essas* maçãs? Maçãs vermelhas com bochechas vermelhas. Só precisam de um cadarço como cauda, duas passas de uva como olhos: asse a 180 graus, ignorando o cheiro de plástico queimado. (Percebi que neste país as extremidades dos cadarços são protegidas por cilindrinhos transparentes. Se eu fosse criança poderia chupá-los, mordiscá-los com meus dentinhos até arrancá-los fora).

Para resumir: Qual a relação da memória com aquilo que agrada? Esta é a história de como mudei minha estrutura. "Toda estrutura é relação". Não são palavras minhas. Não é minha linda casa de pão de mel. Ida Rolf, *Sobre Rolfing e Realidade Física*. Como um monstro lembra das coisas após ter sido tratado. Rolfado. Integrado. Toda espécie de terapias para traumas, especialmente as relacionadas a movimentos oculares remodelados, vacilantes. O parto aconteceu em casa. Todo mundo sabe que ciborgues nascem em hospitais.

2. Relação da memória com aquilo que agrada: imagens da minha infância misturadas ao nascimento em si

I. Formas somáticas de memória: Mais uma vez, o ano se dissolve em números. Os cômodos já estão inundados até a metade.

Vivemos à beira do estreito de Narrows. Às seis, a manhã já está prateada. Recebo prazer de, sou colocada em barcos por: a primeira manhã realmente nublada do verão ocidental. O calor esponjoso me lembra das manhãs punjabi, início da monção, quando nossas mães acordam às quatro para encharcar a coalhada azeda na pia, envolta num pedaço de gaze, para fazer queijo cru antes que estragasse. Acordo com os pingos no fundo dos meus ouvidos.

Mas essa brandura lenta e escura-demais da luz-banhando-as-coisas me lembra as manhãs londrinas. Acordar e logo em seguida sair para comprar *The Guardian* na Balfours para o pai. Voltar para casa pelo parque, forrado com as faixas prata e chocolate das cascas úmidas

das ameixeiras. As ameixas ainda estão duras, cobertas por uma poeira fina e branca apesar da chuva da noite anterior. Meus dentes recuam depois da primeira mordida.

II. Memória brotada durante terapia Hakomi em quartos quentes no quinto andar de um prédio com cactos no saguão:

    Seu pai caminhando arrogante pela casa, de camiseta branca e cuecas samba-canção com cordões, procurando uma caneta para fazer as palavras cruzadas. "Por que diabos nunca consigo encontrar uma caneta nesta casa?" Meu pai escrevia colunas. Minha mãe costurava vestidos. Tenho dezenas de irmãs que vieram desses vestidos e dessas colunas, e produziram entidades a algum ponto entre as duas. Algumas de nós foram abandonadas ao nascer: pontudas demais, ou com a barriga muito afundada, ou mesmo com olhos sem hastes. Nascida com olhos amarelos cujas raízes se estendem até o fígado, recebi permissão para viver. Todavia poucas horas depois de meu primeiro alento, precisei assinar um formulário garantindo que me comportaria como uma criança humana normal. Seguraram meus dedinhos rosados ao redor do lápis e moveram minha mão para formar uma cruz primitiva: X, significando bebê. Anos depois, quando pude falar e escrever, escolhi esta frase como minha primeira: "Podem me ouvir? Estou fazendo sentido?" Embora tenham encontrado minhas palavras no diário que eu guardava debaixo do travesseiro, foram consideradas um desperdício. Pior: imorais. Assim, fui pendurada pelas pernas de uma janela com lanternins. Segregada, se eu pensar na janela como quatro prateleiras úmidas e inclinadas para baixo; assim. Eles a cortam, as quatro. Um caso sem paralelo. Uma garota exibindo vigor enquanto se debate. Era certamente monstruoso para quem assistia, para as pessoas que passavam pelas ruas lá embaixo e olhavam para cima, horrorizadas.

III. Memória onde não há relação entre acontecimentos vividos e relembrados durante sessão de rolfing:

"Avise se doer". Meu útero, lençóis de cama, um homem escuro, 21 anos, digo, página 21: escreva as primeiras quatro frases. Esta é uma empreitada bibliográfica. Índice fabuloso: você só precisa abrir o livro ao acaso. Feche os olhos e seu dedo pousa sobre "Rotas postais" ou "Ontem tinha um homem dentro de si" ou "espalhando as cinzas" ou "reduzido a impecável". Seria possível ir mais fundo? Aguento muita pressão. Oh, sim. Bem aí. "Esta é a solução mais razoável". *Rolfing*: pareço manteiga. O rolfista desliza um dedo para dentro do meu corpo, profissionalmente. Se meus ligamentos são flexíveis? Pode apostar. "Cinquenta dólares, por favor". Dirigindo de volta, percebo que estou mascando um canto do meu cartão de consulta. "Terça-feira, dia 4, 17h". Defina terça-feira. Herde terça-feira. Às terças-feiras, em Londres, nosso relicário de Hanuman na cozinha era emplastrado com vermelhão em pó. Que é vermelho, como eu. Minha mãe jejuava até as 6 da tarde, quando meu pai voltava do trabalho. Minhas irmãs ofertavam a tigela, o pilão e a colher para Hanuman num gesto breve de por favor ou sim, e então passavam ao trabalho de debulhar o milho até obter farinha delicada para os chapatis da noite. Como o humor do meu pai era péssimo, minhas irmãs trabalhavam em meio a surtos ocasionais de dor abdominal intensa sem nunca abrir a boca. Gotejando. Quando sozinhas reclamavam de espasmos violentos, como se estivessem parindo. Secreção de ossos com o que já estava saindo. Ossinhos miúdos. Certa vez vi uma mão humana do tamanho de uma uva, amassada mas inconfundível. Num lugar úmido. No chão. Eu era pequena, mas assumi o trabalho pegando um balde e água com sabão. Agora minhas costas doem. "Quer comprar um pacote? Oferecemos descontos de até 20%".

3. Meus medos específicos:
Imagens que precedem o nascimento

Ao despertar me lembro dos meus sonhos, como alguém que ao sentir medo se lembra de ter nove anos, a idade de uma garota em Ludiana ou Suthiall ao ficar assustada pela primeira vez com coisas brilhantes. Até a chaleira é composta por superfícies: vidro e vindas; olhinhos humanos refletidos no bordo envernizado dos móveis da cozinha e então pela porta e corredor abaixo. Em uma sala dos fundos acontece uma cena impossível: uma espécie de parto. "Uma criança já morta está morrendo". Tudo bem.

Mas também horríveis: que meus documentos não estão em ordem. Que derramei meu frasco de óleo de amêndoas doces, tornando indecifrável o carimbo oficial. Onde estou? Viajando de carona, mergulhada em um dia diferente. É um dia diferente, mas não posso deter a qualidade. O interior dos meus braços tem ziguezagues. Adeus, mindinho. Mesmo assim agarro meu passaporte britânico acenando a capa marrom e dourada para o tráfego na esperança de que algum carro diminua a velocidade e abra a porta. Por favor, me ajudem. Digo essas coisas sem usar palavras, com o corpo, uma espécie de interpretação no acostamento.

Rodovia 66. É noite mas também é dia. 5 da manhã. Este é o país seguinte, com seu clima úmido e sua luz verde. Acordo cedo em um canal de irrigação, folhas de outono nos cabelos, sob esta outra luz na qual mesmo os rostos de entes queridos, despertos ou não despertos, são iminentes. Viajar assim é onírico. Orwelliano. George Orwell foi professor de inglês na Mellow Lane Primary School em Hayes, Middlesex, onde participei de uma competição regional de dança escocesa em 1978.

Och. Não quero me esquecer de como era morar em um conjunto habitacional dos anos cinquenta nos arredores de trombose/posters da Royal Opera no metrô/pessoas comendo cebolas carameladas e rosbife no jantar... um lápis sempre atrás da minha orelha ou no cabelo, como proteção. Caneta. Pincel.

Quando caminho entre teu
Quando me encontro com
Como com

Não são da minha espécie. Antes de vir para o seu país, doei minhas edições Arden de Shakespeare para o Sebo dos Órfãos Romenos em Ruislip Manor. Arrasada, mas certa da nobreza e correção básicas de minhas ações caridosas, fui até o café português na estação. Lá pedi um macchiato e o tomei olhando para a parede e fingindo que estava em Portugal. Onde eu estava. Um alpendre. E escrevi: "*Ach.* Casando, farei uma prole ciborgue". Isso é separado. Lá, num país de mentira, fiz uma lista de medos específicos:

1. Temo pelos filhos dos meus filhos. 2. Nem mesmo quando estou tomando meu café preto com quiabo frito pela manhã sou constante. 3. Olha, eu disse para meu noivo: "Esse é um dia diferente. Quero ir para um hospital! Não quero que seja um parto normal".

4. Memória é um muro: imagens da maternidade em um âmbito médico, com café preto saindo da torneira sobre minha cabeça no café como sangue falso em um filme em preto e branco. Posso dizer o que me der na telha.

    Memória de infância: minha mãe tinha cabelo vermelho nas fotos que pintei com tinta acrílica vermelhão. Minha mãe, uma indiana. Minha mãe, na poeira e no calor; *calor é bom*, ela diz, *lava você*. Assim, estou caminhando até a rodovia para pegar o ônibus expresso até Connaught Circle. (Eu caminhava até a parada de ônibus todo sábado de manhã para pegar o número 98 até Harlington, Middlesex, para ir até minha aula de piano). Eu tinha sete anos. (Sangrava muito). Estava tão quente. Maio, final de maio, junho talvez, no hemisfério norte. A enfermeira escura enfiou uma agulha no meu quadril. (Estes quadris de parideira). Minha mãe disse: *você vai se atrasar*. E me entregou o Berlioz. (Meu sarongue). Eu tinha dezessete anos. E o prendi bem apertado. E o sol entrou no meu corpo e o estragou.

    (Chopin, Grieg). Cachorros loucos, muitos. (Pegam meu passaporte britânico para conferir meu corpo vivo). Enfiam coisas. Mais rápido.

    Memória da terra: Paris; não Paris em si, mas a xícara de espresso grosso sobre o linho albino, à noite. Um homem ou uma mulher, não importa. Lembro apenas das mãos brutais e brilhantes da barista deslizando minha xícara pelo balcão. (Zinco do corpo, ao deitar de bruços, no zinco: a mão, quero dizer. Uma palma. Tantas linhas se dividindo ao se aproximarem da eminência tênar, o monte de vênus, grossa almofada de padrões. *Perto dos vinte e cinco anos você irá embora para nunca mais voltar.* Tantos cruzamentos nas camadas invisíveis, múltiplas como uma jiboia. Digo, uma naja.

Serpentes indianas. Palimpsesto: não Paris em si, mas alguns dias em que tive uma pele específica, temporária. Uma soldanela roçando na janela aberta do café). Alguém – minha esposa? Meu marido? – disse: "Tenho ouro no dedo e lã nos pés". (Os átomos do ouro. Os átomos dos pés. Uma tempestade se aproxima, vinda do norte). Voltando para mim como água:

O oxigênio de outros tempos; tendo se libertado da superfície após um toque fugaz. De passagem: o forasteiro. (Eu o beberei. Ele me beberá. Ele a bebe. Ela o bebe. Estou bebendo: as mãos que me dão café a troco de nada em uma noite de quinta-feira no Quartier Latin enquanto chove e sou tão obviamente uma turista).

5. Uma falta de recursos humanos:
imagens de caminhadas a esmo
por uma cidade, mais a concepção.

Nem ao menos tenho um mito de origem. Apenas lugares onde parei na faixa de pedestres, esperando que as pessoas começassem a se mexer/desaparecer; olhando de soslaio para não ter de encarar diretamente meu objeto, a pessoa atravessando na direção oposta. (Não querendo aterrorizar).

Mesmo minha compreensão da estase: é inadequada. Não há palavras que casem com "a antropologia das espirais". No fim das contas, parei sobre um monte de bosta nojenta. E nem tenho um lenço.

Tudo que tenho é uma série de amantes que querem *todas* as coisas normais. "Morda fora a minha mão". "Segure minhas pálpebras até eu vomitar". "Com carinho". Quando pegam no sono, sempre pedem uma história. Só consigo lembrar das histórias da minha mãe, mas no meu inglês britânico, para torná-las plausíveis ao ouvido americano:

No início havia uma imensa luz. Não, não era um Espírito Americano. Era Durga, a deusa do segundo milênio. Sua chegada explosiva acarretou o nascimento de três filhos: Shiva, Brahma e Vishnu. Ela sabia que, para criar um futuro ou aumentar a prole, teria de copular com os próprios filhos, pois não havia mais ninguém. Quando perguntou a Vishnu e Brahma se queriam acasalar com ela, eles se recusaram. Então ela os degolou. Shiva, que não era um garoto nada burro, concordou em fazer amor mecanicamente, mas apenas na condição de que ela devolvesse a vida aos seus irmãos. Durga evocou seus filhos dos mortos e em seguida rodopiou três vezes numa oval de luz, ressurgindo como três noivas — Lakshmi, Sarasvati e Parvati. Desse modo a luz, invertendo a si mesma, foi capaz de se triplicar, e então se tornar seis, o que ocasionou inúmeros acasalamentos extáticos por um bom tempo. Isso tudo chegou ao fim quando um ancião enfurecido, com uma barba branca muito comprida, desceu da montanha afirmando ser o pai de Parvati. Como ninguém sabia o que dizer, ele a tomou e a cortou em diversos pedaços diante dos olhos de todos, gritando alguma coisa sobre a vergonha que ela havia causado a ele e a toda a família, e relatando como ele a fritaria numa caçarola. Foi um pouco estranho, pois todos os parentes do ancião se pareciam com ele: ranzinzas de rosto pálido com uma vasta compreensão das primeiras obras de Matthew Arnold. Quando Shiva, marido de Parvati, descobriu o que havia acontecido, ficou muito irritado. Galopou até a cena do crime sobre uma zebra com a pele se soltando em longos farrapos, revelando a musculatura que havia por baixo dela. Chorando, Shiva foi de um lugar a outro, recolhendo e reunindo os pedaços do corpo da esposa. Por algum tempo esfregou os membros e órgãos dela sobre o próprio corpo, ficando completamente ensanguentado e cantando músicas que ninguém conseguia traduzir. E então, assim que raiava mais um dia, Shiva atirou as partes desmembradas de Parvati nas dez direções, e onde elas caíam crescia uma montanha. E agora essas pessoas vão até essas montanhas para fazer piqueniques. Tem havido problemas sérios com o desmatamento.

"Ah Mamãe, outra porfavorporfavorporfavor!"

Ou: "Você é a mamãe e eu sou o garotinho. Sou um garotinho levado".

Ou: "Sinceramente, querida, seu vocabulário escorreu pelo ralo desde que se mudou para os Estados Unidos. Que palavras são essas que você anda usando? Acho melhor voltar para casa imediatamente".

6. Nostalgia: imagens da primeira infância de um ciborgue (eu).

Ilha dos Macacos,
Maidenhead, Inglaterra, 1977

"Mas cadê os macacos, mamãe?"

"Estão por aí. Talvez escondidos naquelas moitas. Não quer chegar perto e procurar?"

[Procurando por macacos que não existiam].

Jaipur, Índia, 1981

"Mamãe, macacos comem chapatis?"

"Claro que comem. Você é um macaco. Eu sou um macaco. Viemos dos macacos e comemos chapatis, não é?"

"Sim, mas eu tenho medo".

"Vai, querida. Eles não vão morder".

[Ser mordida por macacos furiosos com dentes amarelos e ter de tomar injeções].

Zoo do Regents Park, Londres, Inglaterra, 1982

"Madame, poderia parar com isso? Com licença. Madame? Por favor, mande sua filha parar. Madame, acho melhor vocês seguirem em frente até a próxima área".

[Ser expulsa da área dos primatas após ser flagrada pelo funcionário do zoo na companhia da minha mãe fazendo caretas para os chimpanzés e fazendo de tudo para que eles se atirassem contra o vidro supostamente inquebrável que os separava de nós].

7. Como me lembro das coisas: imagem interluminal

Uma luva de látex roxa no asfalto.

8. Mobília: imagens de perda, de saber que você é um bebê

Uma garrafa de leite puxada por um barbante e derramada em Londres. No meio do asfalto.

Protestos. Conflitos raciais. Imigrantes contra *skinheads*. Atmosferas texturais da época em que vivi. Como bebê ciborgue, suspensa pelos tornozelos de uma janela com lanternins por meu pai, enxerguei essas imagens em reverso: uma espécie de fluxo pontilhado de brancura.

9. Vou embora: imagens ancestrais de sangramento

Em julho, a poeira vermelha forma uma pasta grossa abaixo dos meus tornozelos. Este é um país diferente.

Homens idosos choram ao me ver, comentando mais tarde sobre minha semelhança com a falecida prima Shanta, que sangrou até morrer durante uma peregrinação a um templo de Kali no sopé das montanhas ao redor de Nangal. Mais tarde, quando minha mãe me conta essa história, sei imediatamente que ela (minha *doppelgänger*) morreu de vergonha. "Ela tinha menstruado, mas resolveu ir assim mesmo, sangrando. De repente reclamou de dor de barriga e quando sua mamãe e seu papai chegaram da aldeia ela já estava morta". É uma imagem ancestral de sangue, mas também um rosto. Cólicas. Estendo a mão em busca do café, exacerbando os sintomas.

10. O último trimestre:
imagens de água num corpo humano

Passei de um ponto a outro, meus prazeres chegando gradualmente, como elétrons. Fundamentos. É agosto. Minhas águas estão prestes a irromper: enfiar um dedo dentro de mim parece a opção mais fácil. Levando esta vida de caronas na terra de mutiladores notórios, tenho consciência de que um dia aceitarei uma carona de alguém que quer me devorar, lavando a boca com Coca-Cola e depois cuspindo para remover o gosto do meu corpo.

Ocupações possíveis que não exigem comprovante de plano de saúde nem endereço fixo:

1. Tradutor da página do Serviço de Imigração e Naturalização para motoristas de táxi punjabis e somalis na cidade de Nova York.
2. Não consigo pensar em mais nada.

Inchada, mas comprimida: estou na coisa imediatamente anterior à outra coisa. Talvez um dia eu viva com outros em uma comunidade. A inscrição está sendo analisada. Tá. Logo terei o objeto laminado na pata para ofertar aos empregadores em potencial. "Permanente-temporário". É um *status*, mas como chegará até mim? Existe posta restante em Eugene, Oregon? É difícil comer direito quando se viaja de carona. Tanto sal e açúcar não podem fazer bem para o pâncreas, isso sem falar no coração.

11. Realidade pós-parto: como o leite estraga

Ideias para atividades diurnas durante um período de grande tensão:

1. Dizer como termina. O dia. Rituais diários inimagináveis. Brie numa bandeja rústica de cerâmica. Calcinhas de algodão penteado. Um gato chamado Silky Malone.
2. O dia em si. Cinco xícaras de espresso doce demais. Sem raspas de limão para acompanhar. Está cada vez mais difícil parar em pé. Aqui não é a Europa. Acho que vou morrer na calçada, em frente a um hospital.
3. Às vezes penso que estou viajando até o mar para ricochetear de volta para a terra firme. Ou que tenho o destino de uma pedra, com o final de uma pedra: afundar em pleno ar na água maravilhosa que nos separa. O meio-oeste é um imenso lago seco e raso – uma depressão visível nas imagens de satélite – que às vezes sofre inundações. Assim: Chicago. Um quarto pertencente à filha de alguém, que está estudando em Boston, na Tufts, até junho. Imagino uma esquila adolescente bem animada, com as unhas dos pés pintada de cor-de-rosa e um amplo vocabulário de alemão, nunca testado. Toda noite varro seus coelhos felpudos e bonecas assustadoras

para fora do acolchoado com padronagem atrevida de cerejas e bananas. Meus anfitriões trazem leite quente. É meio estranho que os dois precisem fazer isso juntos, mas moro aqui sem pagar aluguel. Uma folga das viagens constantes. Eles não sabem, mas estou grávida. Vou me masturbar a noite inteira para fazer com que aconteça: os terríveis espasmos que implicam noturnos. Por noturno, quero dizer bebê. Chopin para bebês. Aumento o volume do rádio para abafar os ruídos que preciso fazer para tornar aquilo real: contração, expulsão, destino.

4. Quando bebê, rejeitei o fluido da minha mãe – era azul! – e eles (minhas figuras paternas) precisaram fazer a senhoria galesa, Catherine Eccleston, minha heroína de caxemira cor-de-rosa e kilt verde-escuro felpudo e canino, me alimentar com leite condensado Nestlé direto da latinha.

12. Relações clone-clone: imagens de acasalamento

Fodemos loucamente no tapete de lã, as costas de ovelhas vivas, que sabemos nós? A primeira tosquia de Dolly: nossa cama macia. Dois seres idênticos, combinados no campo relativo para o prazer de "amigos e família" como espectadores. Vídeo caseiro #2068, intitulado: "Estabiliza". Seja lá o que isso signifique.

Você já se beijou no espelho, deixando marcas de óleo ou margarina? Já enfiou o dedo dentro do seu corpo? Dois dedos, em dois lugares? Três dedos, em três lugares? É parecido, exceto que em nosso caso, assim que caímos no sono, esfregam cotonetes em nossas coxas. Quando crescemos, nos dizem que fomos "cobertas de prata" pelo nosso próprio pai, e que esse é o motivo de não podermos fazer isso, escolher metal, com outros homens. Água, não metal. Cristais de gelo distorcidos com as palavras "chupa e morre" grudadas em nossas vesículas de beber. Nossas cornetas. Nossos sapatos. Nossa xícara de chá trincada de Sheffield e o funil de plástico de Glasgow. Minha memória, dizemos ao ginecologista, não é mais a mesma. Certas feridas sexuais, por exemplo, não temos como explicar para a enfermeira. Ela nos dá um pouco de ácido fólico, um estoque de um ano de fraldas Pampers e um maço de Marlboro Lights.

13. Além do corpo: e se eu engravidar?

"Mais ou menos um ano depois, demos à luz gêmeos unidos pelas palmas". Isso é um exemplo de um ciborgue dando à luz um monstro, o que é bem ruim. O bebê estranho é a direção oposta a um bebê humano, do tipo com feições quase simétricas; não, isso não ficou claro, estou querendo dizer que é peludo. Pelo é pele: a bolsa flexível dentro da qual um humano dorme pela manhã, de tarde e à noite. Um ciborgue progride a biologia; um monstro recusa seu futuro da mesma forma que chimpanzés enlouquecem em zoológicos e não podem ser deixados a sós com crianças, mesmo se reabilitados no campo de isolamento especial na Flórida. "Então, em nossa demência pós-parto, vamos furtar em lojas". Tentando sair da Sears Roebuck com uma sombrinha amarela, uma saia de nylon marrom com cintura elástica e um colar de pérolas diminutas digno de um traje de dama de honra de Long Island, somos detidas na porta por um homem de terno negro e Ray-Bans. Briga feia. Despedaçamos o homem, mas as bebês são levadas embora por um auxiliar de enfermagem. Na verdade, sem o conhecimento do hospital, ele as leva para casa e as entrega para a avó, que se reveza tomando conta de ambas.

O auxiliar de enfermagem está no paraíso e espera que elas cresçam. Casem com ele. Beijem-no. Qualquer coisa. É um depravado. Dê uma olhada nesses tênis brancos.

Pelo resto da nossa vida tentamos produzir explicações razoáveis sobre nosso comportamento, para o caso de nossas filhas um dia nos procurarem. Isso é na Inglaterra, no Terminal Quatro do Aeroporto Heathrow. Ficamos de olho nos turistas que desembarcam. Estão exaustos. São vulneráveis. Às vezes uma criança perambula pela nossa área, que temos ordens estritas de limpar em intervalos de vinte minutos.

É você? Venha para a mamãe.

14. *Make it new* (não conte): imagens, pré-concepção

Sobre mim, um rosto borrado. Diz que preciso ficar com o pescoço deste jeito e quando não... não faço isso... da maneira precisa, vem um silêncio terrível. Saí desse silêncio e fui até você como um cisne negro. Viu aquela lagoa morna na Inglaterra? É alimentada pelo Tâmisa e fica coalhada de nenúfares no verão. Moscas e cisnes. Em vez de pão pegamos chapatis velhos, como se fôssemos uma família, para jogar aos pássaros que migravam da Rússia para a Espanha ou tiveram as asas cortadas. Ornamentais. Eu caminhava com minha família e nossos amigos. Eu reconheço aquele rosto. Eu como aquele cisne.

15. Em sua relação com a pele: mais imagens da cena do acasalamento

Claustrofobia: aceitar café. Dizer sim ao chá. Quando entro no café, já não presta mais. A entrada. Um nervosismo que não cabe na minha pele. Suor: prova. *Lamba-me*.

Em Nova York, digo sim ao homem vermelho com listras marrons, o homem que corta meu cabelo em fatias finas como papel. Na esquina. Em um lugar antigo com serragem no piso. Presunto, quer dizer. Com ladrilhos brancos e pretos, brilhantes. Todo dia compro ingredientes. Neste dia, uma terça-feira, dia de Hanuman, ele me pergunta se vou. (Açúcar. Creme. Quanta dificuldade o café pode trazer, traz. Além da lixiviação do cálcio muitos anos mais tarde, quando já estou morta: O amor de um açougueiro). Seu joelho, sua cabeça calva; um minimalismo. Aquele é seu joelho azul torcido. O cabelo dele é tão negro. Oláolá, ele diz, como um policial britânico. E minha pele já começa a pinicar, ficando cada vez mais molhada, o que é ruim. GOSTARIA DE UM PEDAÇO DE PORCO POR FAVOR. PODERIA TIRAR A GORDURA POR FAVOR. Ele quer saber se eu gostaria de dar um passeio pelo rio, para ver o rio. Por acaso não sabe que são duas coisas diferentes? Por acaso não entende que minha pele não passa de um forro sem nada por baixo? Sabe, entende. Olho para seus olhos. Realmente sabe, realmente entende, e assim relaxo profundamente, evitando fazer contato visual numa espécie de antigo sonho onírico.

Chegue mais perto, ele diz. *Tire a roupa.* Eu digo: suas mãos são verdadeiras demais. Ele diz: *hein?* Eu digo: não posso fazer sexo como um vegetal. Ele diz: *do que você está falando desta vez?* Eu penso: mas o que vai acontecer quando ele me cortar? O que vai acontecer com meus discos negros? Minha geleia vermelha? O que ele vai pensar ao ver minha calcinha? Toda esburacada. Não tem babados.

16. O nascimento: imagens do nascimento e da vida da minha mãe antes de conhecer meu pai

Vindo aos poucos. Os metais costumeiros – amarelo de cádmio, lascas de esmalte, pregos salgados para manter árvores no lugar (onde poderiam ficar escuras ou se contorcer, isto é, na encosta mais alta) – dividir. Pense em uma mina, suas entranhas opalinas de cobre. Deixar o papel assim tão úmido dá trabalho.

Este ser acontece no centro do medo. Onde uma mulher está muito assustada em uma mesa de lamentações na cozinha, tarde da noite: em três minutos ela vai chamar um guarda-florestal. Se o homem vier e ela não for uma mulher negra (a cor *desta* é branco, de onde ela vem; casará de vermelho): então não *há* nascimento. Ninguém sai da travessia. Uma longa espera. Tomo um gole da minha Bud, folheio o segundo diário de Virginia Woolf. *A escrita deve ser formal.* 18 de novembro de 1924. E eu já não sabia disso de algum modo, acordando cedo com os cachorros, enfiando papéis no bolso, uma caneta nos cabelos. Nesta manhã encontrei um ninho. Quando me curvei para cheirá-lo, senti cheiro de algas; carnosidade numa poça de maré, uma xícara do interno azul em pasta – tinta, geleia, sal. *Então.*

Na primeira junção. Primeira entrada em um espaço que se curva para dentro. Quando o corpo de alguém se desmantela nas partes conhecidas, voltando íntegro somente após o sacrifício de fogo, a cerimônia de união –

Um atrito de, a cognição de...

Quando todas as palavras para a divindade da crosta esponjosa fracassam, uma após a outra. O ciborgue diz: "ógui". A palavra inventada para "cavalo". "Grou". Grou. "Cinema Hector". Cinema. (Já se esmaecendo o ocre iluminado por detrás da "mãe"). Quando cair a noite a escuridão será completa. Como nas primeiras histórias que o "pai" contou a ela na hora de dormir, sobre a deusa do vulcão e o rapaz na borda com a faca espanhola gotejando.

O nascimento em si: uma ausência de gênio, pois a mente está em todas as coisas. (Os flancos geniais de

Cherokee, o cavalo, máquinas fabulosas erguendo aço para o andar superior, fulgurante *O Balcão* de Jean Genet, que tinha olhos sobre a pele inteira).

Pelo menos foi isso que aconteceu/que me contaram. Mas tenho provas: *loops* gravados, folhas transparentes, pincéis atômicos, a memória genética de locais arborizados dos quais homens nunca mais voltavam, giz verde na calçada e um cômodo negro sem janelas.

Entrando por uma fenda era possível enxergar árvore após árvore, projetadas e riscadas sobre seis superfícies. Após seis minutos, o suficiente para sentir algum pânico, você escutará o galanteio do vento. Após seis minutos, você ouvirá palavras. As árvores, falando.

Não precisa ser árvores.

17. A casa das águas: imagens da água rompendo

Vim até aqui, em busca de comida. Um metal que pudesse inserir na minha abertura: o primeiro estoma, rosado nas bordas, capaz de girar ligeiramente.

(Falando do futuro: uma língua azul de chupar chiclés de bola. Uma palma amarela de lamber *sherbert* – 6 onças por 6 *pence*, num saco de papel branco menor que a minha mão –)

Entrei e pedi para ver os potes armazenados em uma prateleira mais alta. Lembrando de mim mesma quando garota, manchada de elementos.

As cores do mundo são seus elementos.

(Eles disseram). (Uma mão de garota).

(Uma garota real).

Em vez disso, quando abriram a porta e me sugaram para dentro, era um cômodo onde eu já havia estado: uma sala de espera (o cheiro tênue de vinagre e bicarbonato de sódio, e um diagrama carcomido do corpo pregado em uma parede descascada. *Uma linha verde segue por baixo, voltando à tona no olho.* O que se passa pelo olho. Não exatamente balas de goma). Uma sala sem saídas óbvias. Até as paredes estavam perdendo as valências, começando a cintilar, virar ouro. Ouro-sujo. "Reduzida a imaculada". Paredes de *barro* cujas superfícies tinham pertencido às superfícies plantares de mãos humanas. Eu enxergava marcas de dedos, espirais. Eu já havia sido um ser humano, adornado com pele: às vezes afortunado, às vezes azarado, em turnos. Eu me tornei. Em círculos. No parque de diversões, que era concreto. Quando caí a enfermeira me emplastrou com esfregaços amarelos, isso ardeu.

IODO, ASFALTO, o baixo-ventre nitidamente branco da mulher sobre mim. Eu já sabia. Era previsível: (seu avental fundido às coxas). O diferencial entre o metal-exterior, ou linho, cascas e os órgãos inversos, a baixa-maciez: diminuindo. Foi. Estou aqui agora. Com um pouco de fome. Quando entro para comer. Quando estranhos me oferecem. Estou um pouco, estou meio... É assim: eu abro a porta. Eu bato na porta. Alguém aparece, ou não aparece. Eu entro. Até certo ponto, sou uma mulher. *Quem é você?*, perguntam quando dou a eles o que tenho. E *então* rompe. Jorra das bocas como salmoura. E em uma versão do que aconteceu comigo na casa das águas, consigo respirar na ausência de oxigênio.

18. O nascimento dá errado: imagens perturbadoras

"Onde vivo não existem seres humanos. Somente olhos organizados em prateleiras conforme a cor. Os olhos que são azuis e têm um pouco de castanho-avermelhado são guardados no balde de alumínio ao lado da porta, para serem arrumados mais tarde". – Uma garota.

Alguma coisa aconteceu. Que silêncio. NÃO SEI COMO SAIR DESTE LUGAR. Atravessar. Quero me cortar do futuro. "Ah cala a boca. Empurra mais forte", diz a enfermeira com a agulha que pinga sêmen na minha coxa em nome do hospital. A primeira garota que coloquei para fora tinha olhos castanhos. Eu não tinha nomes para ela. Pensava nela como meu sistema digestivo. Algo que tinha estado dentro mas não estava mais. Empurrando e se sacudindo como tentáculos. Mas ela tinha seus planos, e fugiu para Vegas e seus bufês de sushi exóticos e baratos. Era uma criança precoce.

E no centro: gelatina cintilante. Bonita demais para comer. Engasgando, vi um contorno em forma de corda separando duas cidadãs. Garotas, digo. Embora eu seja uma cidadã britânica, elas não são. Elas são deste lugar. Bom. Vim para este país sem modos viáveis de sustento. Minha mala vagabunda de Ludhiana – azul, rígida, com trancas e uma chavezinha dourada, coberta de etiquetas de origem – está cheia de restos: um bule de chá Royal Doulton acondicionado em páginas do *The Sun*. Oito cadernos espirais com relatos orais da passagem de Lahore a Nangal. Uma fotografia do meu pai e da minha mãe, rostos e roupas quase inteiramente dissolvidos por gordura de dedos. Resta apenas um olho e um sapato. Um azul, outro marrom. Roupas de baixo limpas, etc. Uma concha encontrada na praia nos momentos imaculados, sentimentais e congelantes antes que eu deixasse minha vida para trás, para sempre. Chovia e eu estava nua.

Ir, seguir e ser: me acalentam e enfaixam com ataduras brancas de algodão como a uma múmia. Minhas enfermeiras. Minhas muitas mães, em uma série de piscadelas quase imperceptíveis. As esferas glotais do aquoso vitroso. Essa é uma memória do meu corpo como garota ciborgue ou mulher adulta. Um corpo; asse. Coma com creme. Não. Estamos nos Estados Unidos. Troque por duas bolas de sorvete de baunilha. Não. Amarei e serei amada? Brancos são tão complicados. Quero aquele amor especial. Quero aquela boca ávida, toda molhada e esquisita, cheia de sorvete. Quero aquele dia em que livre, pegajosa e machucada, como se tivesse feito uma cirurgia plástica, sou metade mulher e metade outra coisa. Uma garota vermelha com quatro braços: sacudindo os braços na fotografia do meu nascimento e assim registrada, por acidente, como um avatar da infância e não uma criança em si, com órgãos dentro do corpo como as outras crianças.

19. Loucura suave:
memórias visuais, pós-operatórias

Fui um monstro, mas o cirurgião disse não. Você tem os olhos da sua mãe. Minha mãe, sorrindo eufórica, alisou a folha de papel alumínio sobre o travesseiro e foi dormir, sonhando com ovelhas mecânicas voando por um céu de tungstênio. Cobre e tule. Essa coisa que ela colocou para fora. Este "mas no ar". Este "mas o ar muda seu corpo". Era eu. Nos comunicávamos em silêncio. Então fui embora: um declínio. Loucura suave. Brisas de matéria libertável. Tinha três meses, mas rolei para fora da cama. Rolei porta afora e rolei por Londres na noite profunda até chegar ao rio. Lá, no Tâmisa, havia um cisne negro com uma protuberância alaranjada no bico. Acho que tinha asas. Rolei até a água e boiei ali por alguns instantes, como uma azeitona ou uma rosa ou um cão, até que ele me enxergou e se esforçou muito para chegar até onde eu estava. Ele me pegou pelo pescoço com o bico e me colocou nas costas. Então, o oceano. Como éramos pequenos, nesta imagem, minha mãe, Sr. Cisne e eu. Uma sensação incrível de franqueza: uma intensidade luminosa onde a escuridão tem sua parte. Quando choveu, horas depois de iniciada nossa longa viagem para os Estados Unidos, avistei clarões amarelo-limão no céu. Estendi a mãozinha como se tentasse absorver a luz pela palma e então toquei no longo pescoço do cisne negro, sentindo os músculos se contraírem e em seguida relaxarem enquanto ele se afastava pelo ambiente. "Fome. Quero *naan*. Quero *chole*. Quero *dudhoo*. (Pão sem levedura, curry de grão-de-bico e leite). Falta muito?" Tenho uma prima em Elizabeth, Nova Jersey. Quando éramos crianças na Índia, lavávamos os pés em uma bomba d'água todas as manhãs. À noite, quando faltava luz, nossa avó vertia óleo em tacinhas de cerâmica e colocava pavios de algodão e os acendia e lavávamos os pés assim, iluminadas.

Brilhando após a viagem marítima, será que estarei reconhecível para minha prima? Ou será que ela vai gritar, bater a porta na minha cara e retomar a vida de cidadã, programadora de computador, embora seja mais jovem que eu e esteja grávida do segundo filho, pelo que ouvi falar?

Guia de Laloo para viajar de carona

Talvez você já esteja lendo isto na rodoviária de Columbus, Ohio, e talvez um monge tailandês com túnica açafrão e toalhinha tenha acabado de escapulir com seus últimos setenta dólares. Você emprestou a niqueleira para que o monge comprasse sorvete para si, para você e para a família de onze crianças menonitas a caminho de Buffalo, Nova York. Ele não voltou e agora você está empacada. Sugiro viajar de carona como um modo conveniente de reencontrar família e amigos no Oregon ou em outro lugar qualquer. Existem dez regras básicas que servem de base para este manual informativo. Em cada seção tratarei de uma delas, embora a qualquer momento você possa fazer uma consulta rápida à "página de rascunhos sobre conduta".

Página de rascunhos sobre conduta

As dez regras essenciais para viajar de carona

1. Tenha um caderno.
2. Aceite as coisas como se apresentarem a você, sem fazer o menor esforço necessário para mudá-las.
3. Quando sentir sono, cansaço e desespero, não pergunte "o que posso fazer?"
4. Quando entrar no carro e perceber que cometeu um erro, não respire fundo. Assassinos farejam o medo no

seu hálito. Estupradores, por exemplo, usam o pânico para determinar seu ritmo.

5. Diga que tudo é estúpido e magnífico.
6. Divorcie-se e volte a se casar com a estrada pelo menos duas vezes.
7. Vá cada vez mais longe.
8. Às vezes, pare no lado de fora da casa onde seus familiares estão tomando sopa à luz de velas e absorva tudo, a atmosfera de churrasco, televisão e infância, e depois volte para a rodovia com isso em mente.
9. Se precisar beber água, urine de pé. Carregue tubos e/ou cones descartáveis para esse fim, especialmente se você for mulher.
10. Minta descaradamente e aceite cigarros mesmo que apenas vá enfiá-los atrás da orelha, como James Dean. Em geral, finja ser mais durão que seu pai, mais enfadonha e louca que sua mãe e seus interesses e fobias particulares. Insista em manter a janela um pouquinho aberta. Anote tudo que vê até sentir enjoo. Eles vão parar. Eles não querem que você vomite no painel. É nesse ponto que você sai e espera por outro carro. O número dez é imenso. Sua sobrevivência pegando carona depende dele. Amo você; por favor, não morra.

O GUIA PROPRIAMENTE DITO

1. Tenha um caderno

Eu queria ir e fui. Toda viagem de carona está relacionada com acasalamento. Seria acasalamento espalhar seu corpo como referente? A mulher em um corpo, uma pessoa parada à beira da estrada, sempre se referem à sua decisão complexa de ir. Seria normal e belo viajar de carona? Seria próprio da classe trabalhadora? Talvez seja útil lembrar que, de cada três pessoas que pedem carona, uma é um assassino. Como esse homem com a lata de óleo vazia no acostamento. "Que azar você ter ficado sem gasolina". "Ah, nem fiquei. Mas como imaginei que ninguém iria parar pra um homem sozinho, fiquei segurando essa lata".

Também nunca se esqueça de que, nessa cultura, passageiros e motoristas são intercambiáveis. Até um motorista, por exemplo, pode experimentar dias que fracassam, como um ar-condicionado, apesar da integridade do corpo em si. Um motorista pode se descobrir perdido no mapa. Todavia quem viaja de carona fica certamente vulnerável a... não quero assustar você. Pense nos dentes de um corpo ao lado do corpo. O mesmo corpo! Bem assim. Melhor fazer de tudo para evitar esse tipo de coisa. Verifique os olhos do motorista antes de entrar, procure sinais de vermelhidão. Ele pode parecer normal, mas você não sabe o que esconde debaixo do banco.

Mais uma vez meu nome é Laloo. Significa vermelho. Este é o ponto um dos meus dez pontos vermelhos. Não escrevo muito bem, mas não creio que você tenha cometido um erro ao ler/comprar este guia para as estradas de sua gigantesca nação. Tenho certeza de que você deve conhecer a lenda da mochileira cujo coração foi encontrado ao lado do corpo, enrolado em uma camiseta. Pelo lado positivo, talvez... talvez aconteça algo maravilhoso. Talvez George Clooney estacione um Subaru Impreza aqui em Nebraska para rodar seu próximo filme, "Guia para Viajar de Carona em Nebraska". Você é assim tão bonita? George escolheria você ao acaso em um mar de mochileiras possíveis? Talvez convide você para ir até a *villa* no lago Como e lhe consiga um emprego com o pessoal dele. Talvez se apaixone por você e depois façam uma série de tv sobre isso. Parminder Nagra, estrela de *Driblando o Destino*, faria seu papel. Você é britânica e cresceu assistindo à mãe passar o tecido do turbante do pai, borrifando água de engomar? Ou quem sabe você é a motorista, embora tecnicamente isso não seja um exemplo de viagem de carona, e George Clooney entra no carro, interpretando o personagem. Uma troca. Um território sexual completamente novo: não para todos, mas para você.

Por que você está viajando de carona? É loucura. Por favor, mantenha no colo um caderno aberto ou qualquer outro tipo de diário. Descreva o clima. É difícil escrever devagar em alta velocidade, mas nem mesmo eu, uma garota muito experiente e levemente maculada que floresce nas adversidades pode impedir você de seguir adiante se você foi. Se você está lendo isto, por exemplo, posso garantir que seu pai está bochechando o uísque antes de engolir e você está tomando providências para ir embora da casa com imitação de mármore na cozinha. Carros vão parando. Você observa os carros e confere as intenções. Boa menina.

Um carro vai parando. Não tenho uma arma nem uma colher nem uma seringa. Este é o sonho das viagens de carona: certa passividade diante do destino, e ao mesmo tempo certa argúcia. Ali, às raias. Na Inglaterra e na Escócia são raias de alcatrão fervente, olhos de gato e rendas de Lady Anne. No seu país, digo, neste aqui: você é uma garota? Está semimorta após uma viagem complicada? Conte o que enxerga por aí, à beira do asfalto da rodovia. Roxo sempre acompanha o amarelo no compêndio da flora de beira de estrada. Em contraste com esta cena bucólica, uma mochileira parece um monstro num desenho animado. É invariavelmente uma figura lúgubre contra um fundo globular com cortinas roxas e amarelas. Foi o que vi em Scooby-Doo e Hong Kong Fu num quarto de motel em Utah.

Uma coloração excêntrica é monstruosa. De passagem ou hesitando, pensando em comprar um *coffee malt* em uma lanchonete como a Perkins, você sempre se diferenciará da vegetação local. Por exemplo, uma vez viajei de carona de Atlanta a Boston usando um vestido vermelho brasileiro sobre uma calça jeans. Subestimei o calor, fiquei vermelha e escureci ainda mais. Vermelho-escura sob o sol. Tonta, entrei. "Ligo o ar-condicionado quando a gente começar". Certo. Além do caderno, sugiro que compre uma Levi's e tome banho com ela antes de cair na estrada, garantindo que a calça vai se adaptar às suas formas seja qual for o clima; reduz a fricção, se você precisar correr.

2. Aceite as coisas como se apresentarem, sem fazer o menor esforço necessário para mudá-las

Cães, não isopores. Ali na caçamba como Jim-bob voltando de carona para Walton's Mountain após um longo dia na madeireira nos arredores da cidade. No Punjab não existem mochileiros – existe apenas uma garota, por exemplo, balançando as pernas na rabeira de uma tonga (carruagem leve puxada por touros castrados), assistindo à passagem de um cenário amarelo-limão de canolas em flor, quadrados e triângulos de amarelo encontrados em outros pontos da vida, como se marcassem um caminho, a direção certa para seguir/continuar, que é difícil de saber ao certo, viajando de carona, no mundo fabuloso que dá mais valor à correção que ao arrependimento. Você pode se arrepender ao confiar em um senso interno de destino (sinais e aspectos) para escolher andar por uma avenida, mas é melhor que a morte certa nas mãos de um assassino que disfarça as intenções com sacolas de compras no banco de trás.

Acompanhe este exemplo, que inclui um carro. Imagine que um Saab negro estaciona, com um motorista de camisa rosa e com três sacolas de compras no banco do passageiro. "Ah, deixa eu colocar isso aqui no banco de trás. Não vai demorar. Quer colocar a mochila no porta-malas?" Ótimo. Isso pode acabar de qualquer jeito. O rosa, neste exemplo, é bom, mas estou supondo que o Saab é suspeito. Não o Saab em si. Não, é o Saab. Evite Saabs. Como têm fama de sei lá quais defeitos mecânicos, sempre será plausível se o motorista reclamar de algum barulho estranho no motor. Então vai se tornar difícil para você, ali no carro, à beira, quando o motorista sair para abrir o capô. "É rapidinho". Certo. Não. Não, não, não. Esperar no carro é fatal. Meu conselho é aceitar as coisas como são, isto é, a realidade da situação, e cair fora do Saab imediatamente. Seguir em frente é aceitar. Aceite e caia. Caia fora do carro. "Caia fora do carro, Laloo". Certa vez escutei uma voz me dizer exatamente isso, assim como estou dizendo para você, e olhe só para mim. Sobrevivi. Em resumo: rosa, não vermelho. Vermelho, não amarelo. Você pode comprar cartões pedagógicos para acompanhar este guia em qualquer livraria de boa reputação. Vou fazer os cartões e aí você compra, tudo bem?

3. Quando sentir sono, cansaço e desespero, não pergunte "o que posso fazer?"

Como um guaxinim congelado diante dos faróis. Como cervos que vacilam ao pular a barreira que isola o tráfego. Como animais brilhantes e noturnos com dois filhotes a reboque, como mães humanas. Como uma pessoa no final de um casamento que, sem teto sob seu próprio teto, caminha aparentemente sem rumo na direção da rodovia. Como um caminhoneiro pisando fundo. Como uma experiência irreversível de gênese, que é o parto, aconteça ou não em um hospital: "Querida!" "Querida, está me ouvindo? Querida, abra os olhos. Se não conseguir colocá-la para fora em vinte minutos, teremos que abrir você".

Escrevo isto da unidade residencial, na vida ou espaço posterior às viagens de carona, mas posso garantir que minhas lembranças de dedos seguem frescas como nunca. Dedos não é a palavra certa. Falo do que acontece se você não fica esperta quando o carro diminui a velocidade ou acelera a esmo. Não sei se estou morando aqui ilegalmente, mas o esforço de voltar para a estrada é terrivelmente pavoroso, como ovos com ketchup. Não, eu gosto de ketchup. Outra coisa. Maionese. Preciso enviar um formulário para interagir com o Departamento de Segurança Interna, atualizando meu endereço, mas quando faço *download* do documento, Formulário 93a, descubro que é ilegal deixar de informar uma mudança de endereço e que a pessoa (Laloo) tem um período de tolerância de três meses para fazê-lo. Como faz mais ou menos um ano que me instalei, estou nervosa. Escrevo este guia por nervosismo, mas também por convicção. Convicção não é a palavra. Um modo de tornar as coisas palatáveis, esteja você em casa ou no estrangeiro, como a lua. Isso é de um poema imagista que decorei para recitar na escola quando menina, na Inglaterra. Aqui no coração do país eu driblo a defesa mas não pergunto "o que posso fazer?". Em vez disso me concentro em lembranças e resultados, dedos e carros. Não sei o que houve com você, sinto muito por isso mas agora não posso parar, e nem você. Repita comigo as palavras de Frida Kahlo no diário que escreveu quando jovem, na cadeira de rodas: TUDO É ESTÚPIDO E MAGNÍFICO.

4. Nada de pânico

Em Yellowstone, abrindo caminho na plataforma entre as explosões azul-cremosas, ou em Manhattan, tomando café nos degraus em frente ao Caffe Reggio. Ziguezagueando pelo país, estenda a mão e agradeça o baguete grátis mas não se encontre com o padeiro mais tarde para dar um mergulho no rio, mesmo se o jeito como ele estende a mão carnuda e farinhenta parecer muito forte para você. Evite homens. Não é o momento para se envolver com homens de maneira alguma, mesmo em um esquema pervertido/inspirador no estilo tio-e-sobrinha. Você não precisa de um tio. Você precisa do oceano. Acho que seja a essência primordial de viajar de carona. O mar, que é oceano, e o canto escuro com mesinha instável onde você se senta e fica olhando para as ondas cor-de-rosa lá embaixo. Talvez você esteja enfim em Big Sur, abrindo uma cápsula de pó alaranjado sobre a toalha da mesa. Não sei o que é, mas vejo. Vejo sua intensidade. Se eu posso ver então os outros também podem, logo recomendo que fique atenta e espere o dia amanhecer antes de ir até a praia. Tudo à sua frente, bastando atravessar a rua até o estacionamento e depois seguir até a praia. Uma chegada reversa para se aproximar do oceano. Você é imigrante? Nada de pânico, imigrante. Há lugares para se aconchegar sob um penhasco, dentro de uma caverna, e quando amanhecer você estará coberta de estrelas-do-mar se abrindo e fechando sobre seu corpo. Incrustada, presa, laranja-brilhante, o que você vai fazer? O que vai fazer com o novo corpo? O que vai fazer com que ele faça? Fiz com que ele parasse, mas foi uma decisão. Beatrice, Nebraska, resplandecia verde-escura da rodovia. Falei pare e pararam e ficaram irritados e atravessei campos para chegar até o centro de Beatrice. Siga em frente, Laloo, foi o que eu disse para mim mesma naquele estado de exaustão, e é isso que digo a você para servir como norte da sua vida, que é aberrante. Em uma temporada você sentiu os pés coçarem ao olhar da esteira rolante para a janela alta por onde se enxergava o tempo e o céu noturno. Estou certa? Dentro de cada mochileiro existe uma lembrança do lar ou da fábrica que o assombra. A assombra. O vulto espectral na saída da rodovia, pele, ossos e uma camiseta vermelha iluminada por luzes traseiras vermelho-rubi. É um carro. Eu disse pare e ele parou, mas não entro. Estou escrevendo este guia exclusivamente para você.

Regras 5 a 10

Você as escreve. Escolhe preferências. Talvez odeie o oceano. Talvez use um crucifixo por dentro da blusa transparente. Talvez seja uma cidadã americana, aproveitando algum feriado. Talvez tenha um destino em mente, quem sabe Houston, a todo momento. Talvez tenha uma arma. Talvez seja vermelha, não verde, digo, verde, não vermelha. Talvez dirija e tenha interesse na psicologia de quem viaja de carona ainda que você mesma não faça isso. Não, com certeza você é mochileira. Escrevo para você, cheia de esperança, no ziguezague, chegando até você. Meu endereço é 786 Thomas Street, Beatrice, NE, 80349. Meu nome é Laloo. Por favor, me escreva, da fronteira do Texas com o México, onde todo Dia dos Mortos acontecem vigílias à luz de vela pelos mortos que morreram ao atravessá-la. Acenda uma vela pra mim quando chegar lá em seu percurso. Convido você a escrever as regras restantes para as pessoas que seguem adiante. Eu não consegui. Tive de parar. "Veio longe demais". Alguém disse isso sobre um gato cambojano trazido de avião até Nova York por um assistente social que trabalhava com refugiados. Esse gato atacou os outros gatos do apartamento dessa pessoa, de modo que ela precisava voltar todo dia para casa e transferir os gatos de um quarto para o outro, em rodízio. Como esse gato, não pude seguir além de certo ponto: ser real. Você é real durante o dia. Quando você escrever sobre o futuro a partir de um lugar com cruzes brancas enroscadas com buganvílias e rosas de plástico, ou quando acomodar a vela na areia úmida às margens do rio perigoso, lerei suas belas palavras. "Prepare-se para viajar, feche a bagagem. Abra a bandeira". Talvez eu devesse encontrar você por lá, à beira da beira, mas não consigo mais seguir adiante para o sul ou para o oeste.

Anotações para parar o carro (A-L)

A.

Floral. Eu como ostras. Isso é óbvio. Olá, Novo México, olá, Arizona, olá, San Diego. Queria uma xícara de café e um prato com doze ostras. Há uma pintura na parede do restaurante: *Red Canna,* de Georgia O'Keeffe. Em frente ao fundo vermelho, é como se ela tivesse pintado os ossos de um(a) _____ humano(a). Isto é, extirpado. Suspenso. Vim até este país para falar: "Lasanha". "Este é meu livro cor-de-rosa". "Este é meu livro vermelho". "Lambendo livros, meninos e meninas ficam com sede".

Viajando de carona, você tolera a arma subindo por dentro da saia ou apontada para a cabeça, como se dissesse "tire as calças". É 2005. Tire as calças agora. Embolados nos meus tornozelos, os jeans parecem concreto onde me afundo até as canelas. Horário-Padrão da Costa Leste. Horário-Padrão da Montanha. O carro se move a velocidades monstruosas, fatalmente subtraindo um continente. 863, 36. Árvores e paisagens. Por que não? Cada coisa que acontece agora é demais.

B.

Uma mulher de cabelos grisalhos e ondulados desvia os olhos do tricô. O carro reduz a velocidade e eu, entrando nos meus jeans molhados em convulsões de sereia, encaro o motorista nos olhos, desafiando-lhe a acelerar/desafiar as leis de uma cidadezinha, e abro a porta como quem não quer nada.

Bens avariados abre a porta com o mindinho; onde estou? Onde fica isto? 011 44 1895 673537. Meu pai atende o telefone. Na cabine, ereta e orgulhosa, grito: "Está tudo ótimo, papai". Gosto de falar inglês. "Precisa de dinheiro?" Ele sabe. Jovem, viajou de carona da Grécia até Calais com o dinheiro guardado num lenço escondido no fundo de uma valise azul caindo aos pedaços. Será que tomou cerveja? "Eu podia ter casado com uma alemã". Que tipo de sexo meu pai fez em Frankfurt? Imagino que tenha gostado muito mas que não havia como competir com uma história de violência, uma herança de asas: o tremular indistinto de músculos e facas. O que o fez abandonar seu país à noite, financeiramente despreparado para a longa viagem à sua frente? Quando eu era criança, massageando as pernas dele com óleo de semente de mostarda – o que é uma garota? – consegui encaixar um dedo no vinco prateado em sua coxa. Sua perna direita. "Não pare!"

C.

Estou escrevendo para você.

D.

A mulher de corpo cinza tricotando com linha azul me encara, o trabalho misticamente estagnado no colo, à beira de se tornar um vestido, um gorro, sapatinhos. "Boa-tarde", digo a ela – "BOA-TARDE" – cada vez mais alto, até que ela baixa os olhos e volta a trabalhar.

Um monstro é sempre itinerante. Ela tem uma valise, e não um carrinho de compras; é marrom, não cor-de-rosa. O que acontece com o rosa quando é deixado num prato? Camarões. Peixes do mar, mas também de rios. Foi o que ele disse a ela ao sacar a Colt 45: "que cheiro de peixe". Foi um mau momento, mas ela fez contato visual. Aprendeu quando criança, nos dias negros em que o pai a encharcava de *scotch* e depois acendia um cigarro para reforçar. Teria sido um dia negro ou aculturação? Foi sobrevivência? Foi útil? Ajudou ela a se tornar um monstro mais bem-sucedido quando chegou sua hora de imigrar?

Então assumi meu posto. Estendi o polegar. Tentei chamar a atenção de passageiras e motoristas do sexo feminino. "Nefrita, sílex, lava, escória". "Escória, sílex, nefrita". Repetia essas coisas bem dentro de mim para ficar imóvel, um recipiente, parte da grande corrente que carrega os outros aos seus destinos. "Minha vida de mulher". Li a respeito disso em livros e assisti em filmes. "Por que você está aqui? Por que você está me dizendo essas coisas?" – Nicolas Cage. "Por que você está ME dizendo essas coisas?" – Cher. Então ele vira a mesa com um chute, apanha ela nos braços e a joga para fora da cozinha como uma bandeja de pãezinhos crus. "Arranque minha pele até aparecerem os ossos". "Até nada mais restar".

E.

Laloo, saia do carro. É uma voz dentro da cabeça, uma palmeira em meio aos ossos que passam. Talvez ele dê mordidas quando ela entrar em pânico e tentar abrir a porta. Carros passam voando num frenesi de rubis e diamantes. E cospe. "Quer saber? Que sobrancelhas horríveis". Certo.

Absolutamente fabuloso. Muito obrigada. (Expulsa. Se não adiantar, afugentada: impelida por forças invisíveis. "Hein?", ela diz). A porta do carro bate, à sua esquerda. Hein? Chove. Alguém grita de um carro que passa: "Volta pro México!" Laloo se afasta da rodovia e entra no mato.

F.

Estou escrevendo para você, como sempre. Esta é a história de uma garota que foi longe demais. Houve consequências, mas gosto de pensar nela, a garota que abandonou o conforto do lar e se reinstalou em um vilarejo ou uma cidade no centro do seu país, lavando louça como um robô ou se apaixonando por um robô carente e frio.

G.

Laloo saia do carro agora. (Beatrice, Nebraska. Um centro comercial nos arredores de Eugene, uma viagem de ônibus até a cidade. Boulder e seus espelhos negros nos morros acima das construções. Com espelhos quero dizer ferros, uma elevação nas placas. Uma espécie de, geograficamente, pare com isso Laloo. Pare agora mesmo). Saia do carro no oeste, pré-oeste, onde as quatro direções são exibidas com mais vividez que no Maine, por exemplo, ou nas águas da fronteira ou em Black Hills. Não sei o que você está fazendo dentro desse carro imaculado, como se fosse uma artista sonhadora. Verde, verde, vermelho. O vermelho da paisagem a oeste do Kansas é o oposto dos prateados e cinzentos em que ela foi criada no Reino Unido. Chovia todas as manhãs e agora ela desliza por um planalto ensolarado, contando cores. Laloo sente – sente mesmo? – que foi removida de um lugar (noroeste de Londres) com força considerável.

H.

Você é vermelha? Passava a manhã inteira lendo no peitoril da janela, como uma heroína de Brontë, escondida pela cortina mas estendendo o pé até o aquecedor de tempos em tempos? E a chuva, espancava a vidraça da janela compondo um dia de folga da lógica infantil? Quando criança, acreditava na voz dentro da cabeça, na mão em seus ossos? Sentia segurança debaixo das cobertas, usando o pijama cor-de-rosa? É claro que sim. Mas você é vermelha agora? Será vermelha para sempre, graças às viagens perigosas que a levaram até um lugar diferente? Ou foi fácil? Foi gradativo? Era uma garota que virou mulher, um garoto que virou homem? Criou asas quando era gata e voou para um cenário diferente mas não menos lucrativo, com ratos e leite e massoterapia para animais?

I.

Saia do carro no próximo sinal vermelho. Isto é uma cidadezinha. Mede a população em almas. Você estará segura por aqui. Embora você esteja claramente avariada pelas viagens, não é nada que uma economia cristã, com sua ênfase em recuperação e auxílio, não possa abrigar. Toda quarta à noite se oferecem aulas na igreja presbiteriana local, na Jefferson com a Rua Quatro, para todos em busca de residência permanente neste país ou nesta parte do país. Você aprende a abrir latas, ouvi falar. Não você. Os outros. Pessoas que viajaram uma distância ainda maior para chegar até aqui, e pelos mais diferentes motivos. Tudo isso ficará aparente na reunião especial dedicada ao futuro, uma espécie de oficina para criaturas recém-chegadas, carentes, de aparência levemente monstruosa e precisando dar uma boa lavada no cabelo. "Vamos construir juntos um futuro", anuncia a camiseta do anfitrião. Atrás dele há uma faixa, balões, café, um grupo de cinco pessoas tomando café – claramente se trata das criaturas – e uma promessa de abrigo. Assim que todos se instalam, o anfitrião passa de um a um entregando cupons para uma semana de hospedagem gratuita na Angel House, uma hospedaria para quem precisa de amor e um lar. Se é isso que você quer, se quer o apoio de uma comunidade, então saia do carro e vá até a igreja simpática mais próxima e se ajoelhe. Essas pessoas são boas. Ninguém vai pedir para ver documentos. Em geral são idosas, e podem ter perdido um pai, um animal, um marido ou uma esposa. Acreditam em estranhos e acreditam em você, embora você nitidamente tenha problemas de saúde, basta ver essas manchas duras e avermelhadas cobrindo seu rosto e seus braços. "Você fala in-glês?" "Você tem alergia a gatos? " Acho que o anfitrião está oferecendo um lugar em sua casa em troca de ajuda nas tarefas diárias. Aqui você é responsável por si mesma. Posso tirar você do carro, mas não posso fazer mais nada além disso. Você é a escuridão de vestido. Você se ajoelha dentro de uma igreja e abre a boca para o papel delicado que se dissolve sobre a língua.

Assimilação é uma tecnologia de crescimento.

J.

"Quer mais uma xícara de café? Oh céus, Angie! Angie, venha cá! Liguem para a emergência! Oh, querida, você está bem? Oh, olá... não, não precisamos de uma ambulância. Ela está acordando. Querida? Querida, está me ouvindo?" Mas a ambulância chega do mesmo jeito em sua missão de resgate, seus remédios complexos para traumas experimentados mesmo que de passagem.

K.

Laloo sai do carro e dá cinco passos antes de desabar. Cai em devaneios, acordando: a) no porta-malas de um carro, com os pulsos amarrados, b) em Beatrice, Nebraska, onde a perda de memória permite a ela embarcar numa vida de cidadezinha, inclusive com um emprego por debaixo dos panos no restaurante, onde um cozinheiro afetuoso levanta a camiseta e o avental para mostrar onde levou uma facada quando era criança em Tijuana, c) em alguns instantes, reunindo forças para se levantar e se afastar da rodovia para entrar no mato.

L.

L de Laloo, escuridão de vestido. Esta noite seu corpo está muito vulnerável, na floresta ao lado da rodovia. Somente crianças em excursão notam sua presença, e acenam. Com o vestido vermelho, parece uma garota em um conto de fadas, geograficamente. (Todos os galhos às suas costas começaram a dar sinais de vida). É isso que uma garota faz em histórias: caminha vagarosa, sempre meditativa, ao longo do perímetro de uma floresta, e então troca de rumo. Há florestas em Londres? Sim. Há florestas no oceano? Sim. Há florestas em Nova Jersey e Nebraska? Sim. Ela encontra uma floresta de cada vez e a adentra para testar seu desejo. É um desejo radical, mas incapaz de parar de sentir o que veio sentir, ela não consegue parar e agora se encontra na parte cerrada do país, tropeçando nas raízes. Isso é caminhar – tecnicamente, não é mais viajar de carona, mas outra coisa. Uma viagem intensiva. É uma floresta ou apenas um grupo de pinheiros ao lado da rodovia? Foram replantados? É uma árvore ou várias árvores? Sim. Uma garota vermelha entra neste sim e nunca mais é vista, o que partirá o coração dos pais quando receberem o sapato. É sempre um sapato no asfalto, recuperado da cena e em seguida embalado em papel e colocado num saco plástico. Isto é uma cena? L de Laloo arrancando os sapatos e respirando fundo dos dedos dos pés à cabeça, aliviando seu medo profundo da escuridão crescente. Já escureceu? Sim. Bastante. Não a enxergo mais – apenas um tremor avançando pelas árvores. Algo se aproxima dela no momento do contato que precede a alteração, alguma coisa enorme, mas não consigo ver o que é. A questão do lar se dissolve na questão das árvores. L de *love*, *love* que é amor, amor que é sangue: a velocidade crescente de um pulso ainda que a pessoa esteja completamente imóvel no espaço antes do toque ali na escuridão que é real.

Agradecimentos

Partes desta obra foram publicadas em *Chain* #7 e como o livreto *Autobiography of a Cyborg* [Autobiografia de um Ciborgue], publicado pela Leroy, em 2000.

Gostaria de estender minha gratidão aos alunos da Naropa University, na turma do Outono de 2005 da disciplina de escrita criativa "Evolução e Mutação", pelas lindas conversas sobre narrativas como locais de pré-concepção; a Andrea Spain, por compartilhar suas ideias sobre a evolução dentro de populações; a Gina McGovern, por pintar o recanto de vermelho, laranja e dourado, e a Rohini Kapil, pela frase "O futuro da cor".

Gostaria de agradecer a Laura Mulen, por me fazer repensar os ciborgues, e obrigada também a Thelonious Rider, pela pergunta "Mamãe, quem foi a primeira pessoa que nasceu?", o que me fez pensar pela primeira vez na conexão entre um monstro e um cidadão. Agradeço especialmente à Leon Works, por criar um espaço para a escritura, onde escrever parece novamente possível.

Este livro foi composto com tipografia Bembo e impresso em papel Pólen Bold 90 g na Formato Artes Gráficas.